U0493282

FLORET
READING
▼

忆我旧星辰

鹿拾尔 / 著

【一生一遇】系列第三季 03
我会一直在原地等你,等到我们再次相遇

贵州出版集团
贵州人民出版社

作者简介 | 小花阅读签约作家

鹿拾尔

拖延癌晚期，重口味网瘾患者。

超级英雄电影死忠粉，喜欢看古古怪怪的冷门类英美剧，

同时也是轻度摄影爱好者。

梦想有一天成为超级英雄拯救地球的中二少年。

伙伴昵称：612、六妹

个人作品：《鱼在水里唱着歌》《听我的话吧》《但使洲颜改》《忆我旧星辰》

作者前言

每个少女都有一个英雄梦

很可惜,直到这个故事写完,我都没有腾出时间来看一看电影《无间道》。

如果看完这部电影再写这个关于卧底的故事,会不会比现在要多很多灵感,多很多进步的空间呢?

我也不确定,所以我打算过几天一定要腾出时间来看一看这部电影。

说实话,每次写警察之类的角色时,我都会很忐忑,很怕写得太过失真,所以在写的时候会仔细查好资料。如果查了资料也不是很清楚,就会在剧情上简单地一笔带过,避免出现太多错误。《鱼在水里唱着歌》是这样,《忆我旧星辰》也是这样。

有的时候我也会想,为什么一定要写与警察相关的职业呢?如果写别的大众化一点的职业会不会轻松很多呢?但也只不过是想一想罢了,就目前而言,我很喜欢写这个职业,不只是因为这个职业正义,充满着正能量,更是因为这个职业可挖掘的东西非常多。

在前期查资料的时候，曾看到一篇相关的新闻报道，报道的是一位染上毒瘾的卧底警察的故事，这位警察获得过许多的功勋章，最终却还是败在了毒品面前，染上了罪恶之源。

是这篇报道让我坚定了《忆我旧星辰》的方向。

毒品、警察。

我很佩服警察，更佩服缉毒警察，或者说，是背负着缉毒任务的卧底警察。他们是隐秘的不为人知的存在，但做出的贡献却永远无法磨灭。

所以我很喜欢故事的男主角向沉誉，他为了正义甘愿放弃一些很重要的东西，甘愿放弃爱情，甘愿深陷黑暗之中。我也很喜欢故事的女主角辛栀，她为了正义为了隐藏自己甘愿做出自己所不齿的事情。在爱情与正义是对立的关系时，甘愿隐瞒自己的情感义无反顾地选择正义。他们都是很棒的人，或许不是那么完美，却都为这份正义尽了自己的最大努力。

我舍不得不给这样好的他们一个好的结局。

这个世界上，我相信有不少身处黑暗踽踽独行的人，他们为了正义为了信念放弃了许多，是值得我们学习的榜样。

不忘初心，继续前行。

鹿拾尔

·问答时间
欢迎来到鹿拾尔的专属时间

  从《鱼在水里唱着歌》到《忆我旧星辰》,感觉你一直对警察这一类的职业比较偏爱,是有什么特别的情结吗?
  鹿拾尔:大概是因为在来公司之前的那段时间里,偏爱看悬疑破案类型的小说吧。
  其实我一直想写一个纯纯的小甜文来着,但老是不由自主地跑偏成案件……

  作为小花太太团里的码字小能手,能透露一下《忆我》从构思开始到成稿花了多久时间吗?
  鹿拾尔:《但使洲颜改》还没完稿的时候,就开始构思《忆我旧星辰》了,前前后后大概四个月吧。

  创作的时候有没有专属BGM?
  鹿拾尔:每次写不同的文我就会循环不同的歌,比如写《忆我旧星辰》的时候,一直在循环《告白气球》。

  如果卡文了会用怎样的方式调节呢?
  鹿拾尔:看剧、看电影、看综艺!

跟《鱼歌》的池川白相比，向沉誉可以说是完全不同的类型，怎么想到这样一个充满戏剧性的角色的呢？

鹿拾尔：他们每个人经历的事情不一样，做出的选择自然也就不一样。只能说，这都是他们自己一手造成的吧，哈哈哈（强行甩锅）。

最近你和九歌、晚乔也住一起了，同居生活有什么有趣的事情吗？

鹿拾尔：我们每天晚上会商量第二天穿什么，要么穿同色系，要么穿同类型……

作为组里的一速，会笑看她俩哭着赶稿吗？

鹿拾尔：哈哈哈，我们大家拼起来的时候都是很拼的，她们快起来才是真的快……

和冲刺期的她们比，我并不算很快，只是每天规定自己按时按量写五千字而已。积累在一起，就显得很多了。

最新在创作的故事是怎样的呢？

鹿拾尔：在准备《忆我旧星辰2》，继续向沉誉和辛枙的故事，希望你们继续支持哟。

有没有特别喜欢的角色类型和想写的故事类型？

鹿拾尔：喜欢洒脱睿智型女主，想写古风仙侠哎！

对于拿到这本书的读者们，有什么想说的吗？

鹿拾尔：爱你们哟，么么哒（づ￣3￣）づ~

目录
CONTENTS

YIWOJIU XINCHEN

001/ 楔子

004/ **第一章**
在皎洁月色和满天繁星的见证下，他对她的深情一吻。

015/ **第二章**
清淡低沉的嗓音恰如一声惊雷，落在辛栀心间。

023/ **第三章**
这该死的属于向沉誉的味道，再多存在一秒，对她而言都是折磨。

033/ **第四章**
只要熟悉内情的郑闻贤选择沉默，自然相安无事。

042/ **第五章**
她猝不及防撞进向沉誉怀里，恰好清楚地听到他的心跳。

054/ **第六章**
向沉誉的笑容就像他此刻不见光的身份一样……

062/ **第七章**
他三番五次帮她，必然是别有目的。

071/ **第八章**
"所有人都知道，我不就你这一个女人吗？"

082/ **第九章**
她默默看着递至嘴边的酒，手脚冰凉，一颗心犹如坠入谷底。

093/ **第十章**
她现在与向沉誉之间的关系，无非是互有把柄互相利用罢了。

105/ **第十一章**
"你最好是一直跟我在一起。"

118/ **第十二章**
如果你死了，那我这么千辛万苦地对付你还有什么意思？

目录
CONTENTS

YIWOJIU　　　XINCHEN

131/ 第十三章
我们非要这样吗？互相伤害？互相疼痛？互相折磨？你开心吗？

142/ 第十四章
因为她没有胆量承认，自己依然爱着向沉誉。

153/ 第十五章
向沉誉静了一瞬，双手插兜兀自轻笑了声："大概是疯了。"

164/ 第十六章
作为卧底的身不由己，就是再也无法界限分明地分清黑与白。

176/ 第十七章
她的眼底映衬着满天星光。

187/ 第十八章
她下意识将自己防御向沉誉、掩饰自己真心的刺收起了那么一丁点。

198/ 第十九章
辛栀便是他向沉誉唯一的软肋。

207/ 第二十章
只需一枪，她妥帖藏好的所有爱恨就会随着他一起烟消云散。

218/ 第二十一章
三次，她眼睁睁看着向沉誉中过三次枪。

231/ 第二十二章
阿栀，那个你讨厌的人，每分每秒都想回到你身边。

238/ 番外一·辛栀
我一直在原地等你，可你又在哪里？

242/ 番外二·向沉誉
而我，会在无尽黑暗中继续用我的方式，永远爱你。

楔子

遥远的天际亮起一线微光，黎明将至。

空旷的荒地山野里，一片氤氲雾气的笼罩下，看不清人脸。

突兀响起的枪声很轻微，几乎可以忽略不计。

紧接着是沉闷的坠地声。

暗红的血液顺着头颅无声无息地蔓延开，迅速浸入认不出本色的土壤之中。

安静了片刻，持枪的花T恤消瘦男人将枪别回裤腰带上，谨慎地四处打量了一番后，气喘吁吁地跑到不远处昂贵的黑色轿车前，敲了敲车窗，点头哈腰道："向三哥，都解决了。"

车厢里很暗，只能看见那人干净得一尘不染的白衬衣，坚毅冷峻如雕塑的下颌，却看不清他的眉眼。只下意识觉得，里头那人与嗜血亡命的那群人相比，有些格格不入。

不敢对视，只胡乱望了一眼，花T恤男人就乖觉地垂下头不再继续看。花T恤男人非常明白，不管如何，里面这个人的手腕及地位，自己是万万得罪不起的——他是秦老大手下仅次于邹二哥的第三把手。

"人死了？"毫无感情的低沉嗓音。

花T恤男人回过神，飞快地答："死了，绝对死透了，一枪毙命。"说到这里他有些得意扬扬，"秦老大手把手指导过的枪法，还能有差？"

默了默，他又小心翼翼赔着笑开口邀功："上次瞒着秦老大私底下拿了一小包白粉那事……咳咳，还请向三哥替我到秦老大那里多多美言几句。"

时间仿佛停滞了片刻。

"干得不错。"车内那人冷冰冰地说，他根本没有搭理花T恤男人的话语就淡淡收回目光。

车窗毫不留情地合上，紧接着，黑色轿车悄无声息地扬尘而去。

盯着那喷涌而出的白色尾气渐渐消散，花T恤男人面上闪过一丝愠色，在心底将车内那人骂了无数遍，却发作不得。他恶狠狠地朝地上吐了口唾沫，转身行至那具尚有余温的尸体前，伸出脚踢了踢："什么下贱玩意？！居然为了钱敢向条子偷偷打报告，差点暴露了秦老大的行踪，还好老子发现得及时！我最见不得你这种背信弃义的肮脏东西！要不是为了急着交差，一枪崩了脑门都算便宜你了！"

骂完，花T恤男人朝身后两个手下挥挥手，一脸不耐烦："你们两个还傻愣着干什么？还不把他埋了？等着老子动手是不是？还不快滚过来？"

"是是是！"

"动作麻利点！天要亮了知不知道？要是连累老子被人发现了，你们俩就等着见阎王吧！"

伴随着铁锹铲土的声音，花T恤男人眯着眼冷哼一声，露出一口黄牙。

这么一件清理叛徒的小事，秦老大还派这个人出来亲自督查，明面上看起来是对自己尚有怀疑。但恐怕，对他也不是传闻中的那么信任吧。

第一章

在皎洁月色和满天繁星的见证下，
他对她的深情一吻。

　　晨光熹微，打扫街道的保洁阿姨如往常一样开始例行打扫。她的动静惊醒了蜷缩在垃圾桶上的一只慵懒虎斑猫，虎斑猫尾巴晃了晃顺着半开的窗户灵巧地钻入主人家中。

　　周末还要补课的三三两两的学生匆匆路过，不远处卖早餐的铺子里香气四溢，到处一派宁静祥和。

　　直到——

　　"啊……有死人！死人了！死人了！报警！快报警！"一声凄厉的叫喊响彻整条街道。

　　几秒前，保洁阿姨如往常一样掀开垃圾桶，刚打算将里头堆积了一整夜的垃圾清理出来，映入眼帘的却是满目鲜红。她面色惨白地瘫坐在地上，扫帚被随意丢在一旁，手指颤颤巍巍地指着刚才虎斑猫待过的垃圾桶，显然已经语无伦次了。

　　这条街道本就靠近住宅区，没一会儿，睡眼惺忪的人群就循声聚拢过来。只一眼，就人人色变，一大半人都急急别开眼睛。恶心反胃的感觉瞬间涌上心头，几乎要将自己刚刚吃下的早饭吐出来。

　　胆子小的妇女早已惊恐地叫出声，一边慌慌张张地退出来，一边捂住自己尚还年幼的孩子的眼睛："小孩子别看这些东西，看了做噩梦的！"

　　小孩尚还在好奇："是什么呀妈妈？红红的，是肉吗？"

　　被唤作"妈妈"的妇女又透过人缝朝里头瞧了一眼。

　　肉？可不就是肉吗？血肉模糊却切割整齐的肉块就这样大剌剌地暴露在所有人视线之中。如果不是肉块上那颗狰狞血腥的脑袋和零散的几根手指，谁又能想到，这堆肉块原本是一个人呢？

　　"怎么了？赵阿姨、孙阿姨你们怎么都在这里？发生什么事了？"一个衣着精致的女人拎着一袋早餐好奇地凑上来，今天是周末，她好不容易得空才回家一趟看看弟弟。

　　一想到自己素来纨绔不懂事的弟弟，她就忍不住头痛，也不知道他有没有听自己的话去找一份正经工作。

　　一个眼熟的阿姨拉住她，有些焦急："宁棠妹子……你别看了……"

　　话刚一出口，宁棠就看清了那堆血肉模糊的东西。那双睁圆的眼睛似乎还在诉说着他的无尽冤屈。

宁棠脑子一蒙,如遭雷击,手中的一袋早餐也悉数掉在地上。她历来有洁癖,此刻却无知无觉地跪倒在垃圾桶前,只觉得天昏地暗,肺里的最后一丝空气也即将消失殆尽。

"阿跃……"

她从喉咙深处吐出这个名字,那熟悉的脸部轮廓她又怎么会认不出?任她再如何嫌弃自己的弟弟,但也绝对没有想象过会发生这样可怕的事情。

围观的人群不忍地安慰她:

"宁棠妹子,节哀顺变吧……"

"好端端一个人,怎么就……警察一定要严惩凶手才行!"

"真是作孽哟……"

春望市公安局会议室——

"宁跃,二十二岁,本地人,尸块是今天凌晨六点三十左右被打扫卫生的保洁阿姨发现的,六点四十分我们的人就赶到了现场进行勘察。尸块很完整,手法娴熟刀工了得,凶手心理素质很强。宁跃是那一带出了名的小混混,因为坑蒙拐骗、打架斗殴还被关过几次。他有一个姐姐名叫宁棠,在本地一家报社当记者,姐姐平时住在报社分配的房子里,一般只有周末才会回家……"

坐在桌子前的女警官停下转笔的动作,紧紧盯着投影幕布上年轻男人的照片,问:"找到犯罪现场了吗?"

说话的王警官顿了顿,抬眼望向提问的女警官,而女警官也定定望着他。

　　这位女警官容貌姣好，虽素面朝天不施粉黛，却依然明艳动人，眉眼间甚至隐隐透着些与生俱来的倨傲与自信。王警官看过她的资料，辛栀，二十五岁，毕业于全国最好的公安大学。她前几天刚刚调任到本市，之前的履历上一片空白。这样古怪的人，能突然空降到铁血精锐的刑警队，说明实力不容小觑。

　　他肃声答："就在案发地点的楼上，也就是宁跃的家中。现场极其惨烈，楼梯上甚至还滴落着部分血迹。"

　　"有监控吗？"

　　王警官沉吟："老城区的房子，没有安装监控。"

　　刚说完他的手机就振动起来，他看了看名字接起，良久才阴沉着脸挂断电话。

　　"第二起碎尸案发生了，死者是宁跃的朋友。"

　　会议室里所有人都沉默了。

　　明知警方已经在展开调查，案件却接连发生，明显是凶手在挑衅。

　　"既然如此，"辛栀嘴角讥讽地一翘，一下子将那股倨傲冲散了不少，"事不宜迟。"

　　这是辛栀正式参与的第一起案子，她势必要将凶手捉拿归案。

　　"不好意思，打扰一下！"

　　突然传来的声音打断了会议室里头的细碎讨论声，好几个刚起身、正打算出警的警官看向玻璃门外，说话那人是局长身边的一个熟面孔。

王警官一皱眉，扬起声音："是局长有什么指示吗？"

"不是。"那人目光在室内找了找，迅速锁定了目标，"辛警官，局长喊你过去一趟。"

辛栀微讶回头，她正在和上午去勘察过现场的痕迹专家讨论罪犯可能使用的分尸工具。

但她快速收拾好情绪，回复道："这就来。"

局长是个年近五十的中年男人，发福的身材和寻常中年男人没什么不同。但局里的人都知道，这个貌不惊人的局长却破过无数起错综复杂的案子。据说早年还曾在云南那块蛰伏数月，只为了围剿一个试图逃去金三角的毒贩小团伙。

此刻，局长安安稳稳坐在办公室里，谁也无法想象他经历过什么样的生死一线。

"那起碎尸案你不要管。"局长语气很淡，好像在说一件非常寻常的事情。

辛栀站直，深吸口气："好，可以给我理由吗？"

破这起案子对辛栀而言，意义重大。因为自那年起……她已经太久太久没有接触过案件了，她迫切地想要抓到凶手，证明自己的能力。

可局长却转而说起旧事来："你可知道，明明你天分很高，在警校一直颇受赏识，可这几年上级却一直将你留在警校，而不将你分配到警局执行任务吗?"

辛栀垂眼,只觉芒刺在背:"我知道,因为前几年我一意孤行,辜负了上级的期望,是我错了。"

局长宽慰地笑了笑。

"上级也看到了你的努力,所以特地将你调来春望市。但调你来春望市的目的,却不是为了让你当刑警,追查刑事案件,奋战在第一线的。"

辛栀愕然。

局长隔空指了指她仍捏在手中的宁跃的照片。

"你可知道这个宁跃是什么人?"

辛栀好看的眉毛一蹙,她当然明白局长指的不是资料上明摆着的那些字眼。她的视线从照片上移开。

"什么人?"

"天堂夜总会一个外号叫'邹二哥'的人的手下。"

"天堂夜总会?邹二哥?"

局长自座位上起来,虽腿脚不甚利索步子却很稳,他将一沓锁在置物柜里的资料递给辛栀,柜子很陈旧,在使用中绿漆被蹭掉了不少,露出铁锈的本色。看局长小心谨慎的模样,不知道里头藏着多少尘封的往事。

辛栀双手接过,低头一扫,资料上印着"绝密"二字,她不禁心神一颤。

"春望市是沿海城市,人口流动很大,而天堂夜总会是上个月入驻本市的合法夜总会,主管人是邹二哥,也是上个月出现在本市的……他们一直小心谨慎,警方得知的信息非常有限,想要抓住他们的把柄非常困难。"

辛栀翻了翻前几页:"涉黄?"

"不,"局长摇头,"是武装贩毒组织。"

"毒贩?"

辛栀一惊,却迅速提出疑问:"可警方怎么会知道这一组织的存在?他们行事这么高调?"

倒不是对警方的质疑,而是觉得身为毒贩的他们不可能在尚未行动之初如此大意才对。

局长沉默了片刻才解释:"毒贩内部有我方线人。而这次宁跃的意外死亡,对警方而言,是一个切入口。"

辛栀了然,她很快想通了局长对她说这番机密的意思,表情渐渐冷凝。

局长表情严肃起来,双目似电:"辛栀!"

"到!"

"接到省公安厅委派的紧急绝密任务,从今日起,你的名字叫沈稚伊,个人资料就在你手中的文件夹里。代号'无声',目的是潜入天堂夜总会摸清这一贩毒组织的底细,协同缉毒队彻底剿灭春望市这一贩毒组织。同时,为了安全起见,你的所有真实资料将会被销毁,你可愿意?"

辛栀毫不犹豫,只觉热血沸腾——"为国效力,辛栀义不容辞！"

刚一走出局长办公室，就看到门外等待那人。

他穿着常服，指尖夹着烟正在走廊里吞云吐雾，好看得洒脱又随性。

从警校到警局，从同学到同事，他好像一直都在自己身边。一想到自己刚被通知要调到他所在的春望市公安局时，他爽朗的笑容，辛栀就不由得无奈又好笑。他已经在这几年的历练中晋升为缉毒队副队长，而自己却算得上是一个行业新人。

辛栀笑着调侃他："郑队长，今天不忙？"

郑闻贤却没有笑，低头掐灭烟低声问："你答应了？"

辛栀点头，招呼他往外头走："嗯，答应了。"很明显，郑闻贤知道自己要参与卧底行动这回事。局长刚才也说过，让自己在接下来的行动中与身在缉毒队的郑闻贤单线联系，他之前与不少毒贩打过交道，经验丰富，也能为自己提供不少帮助。

郑闻贤眉头越蹙越紧："阿栀，这不是儿戏，你没有与毒贩接触过，不知道有多危险。他们都是一群刀口上舔血的亡命之徒，稍有不慎，你会死。"最后一个字说出口时，他眼底闪过些许隐痛与担忧，却又很快隐去。

辛栀的笑容敛了敛："我知道你是担心我出事，与毒贩打交道固然危险，但这些事总要有人去做……"

"我可以做。"郑闻贤打断她。

关心则乱，辛栀一顿，认真望着他同样坚定的眼："别开玩笑了，你我都很明白，不到万不得已上级不会出动卧底的。既然出动卧底，就必须是生面孔，这大概也是上级安排我而不是别人去执行的原因。"

郑闻贤沉默下来不再继续这个话题，他又何尝不明白其中的道理。只是多年的情谊犹在，舍不得她受到伤害罢了。

"我的人见到他了。"郑闻贤忽然说道。他眉宇间闪过一丝烦躁，下意识想抽烟，却摸了个空，这才想起刚才那根是最后一根。

他喊住一个路过的面熟的警察，向那警察借了根烟，点上吸一口，这才长长吐出一口气。

"在调查毒贩的时候，看到他出入夜总会，可惜我的人当时有别的任务在身，没能跟上他。"

辛栀心一沉，面上却无所谓地笑了笑："你说谁？"

郑闻贤静了静。

"杀人本就该偿命，亏他在警校期间备受上级期望。阿栀，四年了，他已经无影无踪长达四年了，现在既然出现在了春望市我的地盘上，那我是不会对他手下留情，我会亲手逮捕他。"他没回答辛栀的问题，弹了弹烟灰，定定注视着她的表情变化。

郑闻贤不愿说出他的名字，对他不齿得很。不只是因为他在就读警校期间杀人逃逸，更是因为他辜负了同年级辛栀的一腔感情。

他和辛栀原本是一对恋人。

辛栀漫不经心地笑了笑："哦，你说他。你不提起我都要忘了这个人了。"

"一个杀人犯，有什么好惦记的？"她慢吞吞地说，"警校的人也一直在找他的下落，你要是能抓捕他，也算是立功了。"话虽如此，她脑海里却不由自主地浮现出四年前的某个夜晚，在皎洁月色和满天繁星的见证下，他对她的深情一吻，缱绻温柔的气息仿佛近在咫尺。

辛栀闭了闭眼，又酸又涩，久违的战栗感涌上心头。

她快速逼迫自己把这层情绪丢开，面上仍是一片平静。

郑闻贤松口气："忘了他也好，他不是什么好人。"

他不是什么好人。

辛栀不由得又将这句话在脑海中过了一遍。上到警校校长下到新入校的新生，每一个人都这么说，都将他当成警校历史上最耻辱最卑劣的存在。她曾下意识想替他辩解，却是徒劳。做出这样的事情，连她自己都不得不承认，他不是什么好人。

"好了，别再说这些无聊的人了，我马上就要深入敌方了，你没什么别的话想说了吗？"辛栀转开眼笑嘻嘻的，"比如临行前，要请我吃顿大餐？我刚来春望市不久，对这边不太熟，作为东道主，你不该介绍介绍？"

郑闻贤又长吸了一口，语气复杂："你好不容易调来春望市公安局，都没来得及带你好好玩一玩。"

辛栀拍拍他的手臂："说什么呢你？等我圆满完成了任务，再跟你吃吃喝喝也来得及啊！你就对我这么不信任？"
　　"那倒不是……那伙人很谨慎，我手下的人试探过多次都一无所获，你要小心才是。"郑闻贤叮嘱。
　　辛栀笑出一排牙齿，开玩笑道："身为好哥们，你还不了解我吗？一有什么危险，我绝对逃跑得比谁都快。放心吧，我自有分寸的。"
　　郑闻贤也跟着扯了扯嘴角，终是将剩下的叮咛咽下肚子里。
　　他该信任辛栀的，不管是之前在警校，还是现在。
　　"万事小心。"他说。

第二章

清淡低沉的嗓音恰如一声惊雷，
落在辛栀心间。

辛栀是在次日下午五点左右见到那个线人的，按线人的要求穿了稍显性感的衣服，后背裸露了皮肤。

地点在离天堂夜总会很近的一家咖啡厅里，可能是被特意清过场，咖啡厅里人很少。

局长说过，该线人非常可靠，值得信任，并且该线人在组织里的地位颇高，可以带着她一举深入组织内部。虽然辛栀并不明白，既然线人地位很高，又为何要选择弃暗投明？是看不惯贩毒？还是另有筹谋？当然，不管怎样，目前对己方而言，这是件好事。

她原以为，与毒贩朝夕相处的线人会是一个精瘦谨慎的男人，又或者是满脸络腮胡子的壮汉。却怎么也没想到，会是这样一个人。

如果非要用一个词形容，那大概就是柔弱。

她面上仍不动声色，低头边玩手机边喝果汁。

那人身上好闻的香水味钻入辛栀的鼻子里，温温柔柔地与服务员说话的嗓音落入她耳畔。

良久，那人落座。

"是……稚伊吗？"那人轻声开口。

沈稚伊正是辛栀伪装的名字。

辛栀闻言抬眼，映入眼帘的是一个美得很有味道的女人，气质温婉无害，看起来不过二十多岁，举手投足间有种矜贵的优雅与迷人。

辛栀却丝毫没有放下警惕，而是下意识更加紧绷，只觉得此人如果不是真纯良就是极其善于伪装。

那女人见辛栀反应不大，又再度开口。她眼眶微微泛红，精心涂了豆沙色指甲油的手指也不自觉地颤抖："稚伊，我是苏心溢呀，十几年不见……你都忘了姐姐长什么样了吗？你、你这十几年在老家过得好吗？"

话语刚落，她嘴唇动了动，用口型吐出两个字。辛栀看清楚了，是"无息"，线人的代号。

无声无息，就是指她此次的行动。

辛栀动容，微微挺直了背脊："姐姐？真的是你？"

她的确没想到，"沈稚伊"个人资料里只言片语提到的远房表姐苏心溢，就是她此次行动的线人。

苏心溢再也控制不住情绪，潸然泪下。苏心溢起身坐到辛栀身旁搂住她，激动地小声喊着她的名字抽泣起来。

辛栀早就受到过专业训练，自然不甘落后，下一秒就紧随其后热泪盈眶。

好一番姐妹久别重逢的感人景象。

又寒暄了一阵后,一个稍显冷淡的声音打断了这温情的一幕"苏姐,时间不早了,该回去了,秦老大该担心了。"

辛栀不着痕迹地打量出声的人一眼,是自苏心溢出现起就跟在她身后不远处的两个保镖的其中一个。到底是保护还是监视,不得而知。

苏心溢泪眼蒙胧地抬眸应声:"好……是该带稚伊妹妹去见见潮礼了。"

她拭去眼角的泪水,热络地拍拍辛栀的手:"妹妹别担心,跟着姐姐就好,姐姐带你去见你姐夫。"

其中一个保镖欲阻止:"苏姐这不太好吧?秦老大怎么能随便见这种……"

"这种?哪种?"苏心溢语气一冷,上位者长期浸淫的气场散发出来,"你什么身份?敢对我指手画脚?潮礼是怎么教你们的?"

那保镖表情微变,赶紧垂头道歉:"对不起苏姐,不关秦老大的事,是我逾越了。"说着,他毫不留情地打了自己一巴掌。苏心溢没作声,他便一直不停抽打自己耳光。

辛栀不由得生出一股寒意,只觉得他口中的秦老大管理下属委实严格,而苏心溢更加不是对自己表现的那样温和。

她害怕地瑟缩了一下,伸手拉住苏心溢的手:"姐,让他别打了吧,他也不是故意的。"

她本只打算看好戏，毕竟"沈稚伊"其人性格单纯活泼，冷不丁遇到这样的场面一时紧张得说不出话也实属正常，但她看着那保镖隐忍的表情突然又改变了主意。

苏心溢看着辛栀的举动，眸中闪过一丝赞赏，她唇线扬起，弧度越来越大，随即温温和和地应声："好，都听妹妹的。住手吧。"

轿车稳稳停在了天堂夜总会门口。

下车前，苏心溢指了指外头"天堂夜总会"的牌匾，温声向辛栀解释："你秦姐夫很厉害的，是这个会所的老板，你等会儿进去要乖乖听话，我让他给你在里面安排一个管事的职位，你就安安心心待在这里。"

辛栀很快明白了她对自己透露的讯息——她口中的秦潮礼极有可能就是藏匿在春望市的毒贩头子，而局长口中的邹二哥应该就是他的手下。

辛栀听话地点头："知道了姐姐。"

一想到马上就要见到秦潮礼，说不定能借此次见面触摸到核心的东西，辛栀笑容愈发甜美。

只是，目前暂时没有机会和苏心溢独处，什么话也无法细说。

刚才自呼巴掌的保镖替辛栀打开了车门，他刚和辛栀的眼神接触，就赶忙避开。

辛栀毫不在意，耸耸肩钻了出来，跟上苏心溢的脚步。

已临近夜晚，夜总会里人并不少，穿过熙熙攘攘的人群，辛栀跟着苏心溢来到一处僻静的包厢门口，来不及深吸口气做心理建设之类的，门已经被门外守候的黑衣保镖推开。

里头嘈杂的声音瞬间轰炸了她的耳朵，可怕的鬼哭狼嚎让她不禁皱了皱眉。

昏暗的包厢里坐着四五个男人，他们明显正在小声谈事。自辛栀一进去起，其中几个人火辣辣的目光便直直看了过来，丝毫不掩饰眼里的深意。辛栀暗自咬牙，算是明白了苏心溢让自己穿这种衣服的意图，裸露的一片后背肌肤冒出一小层鸡皮疙瘩。

苏心溢径直走向一个留着寸头、身穿黑色皮衣的中年男人身旁，熟稔地贴着他坐下，在他耳旁小声耳语了几句。

那个年近五十的中年男人眯眼看向辛栀，而苏心溢也向辛栀招了招手。

辛栀默默扯了扯自己的衣服，走近几步，坐在搭着一件男士外套的长沙发上，乖巧地朝那中年男人喊："姐夫好。"

秦潮礼笑了，不再年轻的脸上依旧看得出当年意气风发的俊朗模样，让一侧的苏心溢眼底不自觉溢起依恋。

包厢顶端闪烁的追光到处摇晃，在某个时刻正好打在秦潮礼的身上。

辛栀在那个瞬间看清了他的眼。

与辛栀想象中穷凶极恶的形象完全不同，秦潮礼温和含笑的眼神，和公安局附近小卖部里的大叔没什么两样。

这种眼神出现在其他人身上并不奇怪，出现在秦潮礼身上，便有了一种诡异的违和感，让辛栀不自觉地从头凉到脚底。

秦潮礼抬手示意鬼哭狼嚎那位安静下来，不再继续唱。

这才开口，声音温和沉稳，和苏心溢给人的感觉很像。

"沈稚伊？心溢的远房妹妹？"

辛栀露出一个羞涩的笑："是的，姐夫。"

坐在包厢另一头一个目光胶在辛栀身上，看起来三十多岁的男人揶揄地开口："怎么不叫叫我？"他嗓门像沙子般粗粝，染着一头乱七八糟的金色头发，看起来是不经常打理，显得他更加粗鄙。

苏心溢微笑，朝辛栀指了指那男人："稚伊，快叫邹二哥。"

辛栀立刻明白了他的身份，一副不情愿的样子看他一眼："邹二哥。"

这句话惹得邹二哥一阵大笑。

苏心溢无奈地嗔怪道："你这姑娘，还是这么任着性子来，还好你邹二哥不生你气。"

邹二哥并不掩饰眼里的暴戾和渴望，大刺刺地开口："苏姐，你从哪里找来这么个小美人，怪好看的。哈哈哈……这脾气合老子胃口！"

"这可是我妹妹，你别乱来吓着她。"苏心溢一把避开邹二哥的话头，可表情却仍在笑，看样子所有的准备，就是为了从邹二哥这里入手，将她留在这里。

辛栀不由得有些恼怒。

苏心溢转而向一旁沉默不语的秦潮礼说道："稚伊孤苦伶仃的，特意来投奔我，我怎么忍心让她继续一个人生活下去？"苏心溢柔声细语,"再说了,宁跃他们……我的意思是,现在会所里不是人手不够嘛,稚伊她之前在警校待过一段时间,懂得很多警方办案的套路,说不定可以帮上不少忙……"

话还没说完,门又一次被突兀地推开。

自外面走进一个白色衬衣的男人,他没看里头的任何人,随手把门掩上,顺势坐在辛栀旁边,一把拿起茶几上倒满酒的玻璃杯,沉默地将里头的酒一饮而尽。

辛栀身旁的沙发微微凹陷,身旁男人身上还带着外面冰凉的气息,这气息让辛栀忍不住颤了颤,她低着头,并不看他。

"向三哥,怎么去那么久?不是看上哪个服务员,索性丢下哥几个,调情去了吧?"一人打趣道。

邹二哥不屑地撇嘴,口里却也在打趣:"说起来,会所里的服务员都是老子精挑细选的,个顶个的好,小向你要是看上哪个了,言语一声,二哥给你送房里去。"

"我去阳台吹了吹风。"那男人又给自己满上了一杯。

清淡低沉的嗓音恰如一声惊雷,落在辛栀心间,与无数次午夜梦回中的嗓音重合在一起。她脸一白,霎时间心神大乱,浑身僵硬动也不敢动。

邹二哥嗤一声:"吹风?这都到什么关头了,你可真是好兴致啊。"

那男人抬眸看了邹二哥一眼,好看的唇角似有若无地弯了弯,随即漠不关心地移开眼置若罔闻。

惹得邹二哥怒目而视。

邹二哥历来和他面和心不和，关系微妙，众人皆知。而秦老大却毫不阻止，显然乐得见他们两个内斗。

苏心溢赶忙打圆场："好了，沉誉，你刚进来我给你介绍介绍，你旁边这位是我的妹妹沈稚伊，特意来春望市投奔我的，以后还请你们哥几个替我多多照顾她。"

向沉誉微一颔首，侧头看向右边这个自己起先并没有注意的女人。视线刚一停滞，他原本平静无波的脸上便出现了一瞬的松动，溢满的酒杯一晃，洒了几滴出来。

他冰凉的眼神扫过辛栀裸露的后背，手指微微一收，重新捏紧杯子，薄唇轻启，缓慢地喊出她的名字：

"沈、稚、伊？"

"稚伊，快叫向三哥。"苏心溢柔声喊，可辛栀却半晌没有动静。

苏心溢狐疑地望向低着头看不出情绪的辛栀，皱了皱眉："稚伊，你怎么了？"

向沉誉淡淡收回目光，手指漫不经心地在杯壁上有节奏地轻叩了两下。声音很轻微，却声声落入辛栀的心底。

周围几人都看向突然沉默的辛栀，尤其是秦潮礼，一脸若有所思的笑。

辛栀回过神，抬头看向左侧那人昏暗之中的英挺轮廓，嘴角弯了弯，乖觉地喊：

"向三哥。"

第三章

这该死的属于向沉誉的味道,
再多存在一秒,对她而言都是折磨。

轻柔的音乐在包厢里流淌。

不停晃动的光斑有些迷人眼睛,让人看不清其他人的神色。

邹二哥不满了,愤愤道:"怎么你叫他就叫得这么温柔?叫我就叫得心不甘情不愿的?"

辛栀咬了咬嘴唇,不好意思地笑:"他长得好看。"

邹二哥被噎得说不出话,秦潮礼却笑起来,他一笑,一直紧绷的气氛顿时缓解,其余人都跟着笑起来。

向沉誉却没有任何表情。

"你刚才说,她在警校待过?"秦潮礼摸了摸苏心溢的头发,慢条斯理地继续刚才的话题。

苏心溢一愣，又立即反应过来，笑道："是啊，稚伊读过两年警校，之后因为违反了纪律，待不下去，索性直接退学了。"

"那可真是巧了，小向也在警校待过一段时间，后来因为杀了人，不得不逃出来，是不是，小向？"秦潮礼笑着说道，含笑的眼暗含深意。

秦潮礼就这样毫不避讳地当着辛栀的面说出向沉誉的过往，像是在暗示向沉誉，自己握有他的把柄在手。同时也是在提醒辛栀，这里的为人处世没有她想象的那么简单。

突然谈起往事，辛栀心头不由得一阵刺痛，怨懑的情绪涌上来，如果他当年没有杀人，没有逃逸，那他们是不是还能继续在一起呢？

可现实容不得她多想，她很快就逼迫自己冷静下来，开始猜测秦潮礼到底是何用意，和向沉誉又是什么样的关系。

向沉誉又给自己满上酒，自酌自饮开口答道："秦老大记得真清楚。"

秦潮礼接过身旁小弟递上的烟，深吸一口，脸上笑意不减。

邹二哥和身旁一个小弟交换了个眼色，眼里的鄙夷不言而喻。向沉誉对他邹二而言，不过是一个东躲西藏，有把柄在警察手里的逃犯而已，能力再突出再受秦老大赏识又能如何？

辛栀不知出于什么心理，大胆地凑近向沉誉与他搭讪，语气十分甜腻："你杀过人？"

向沉誉动作一顿，嗓音极淡："怎么？你要去报警？"

声音不大，大家却静了静。在场的哪一个不是在刀口上讨生活的人？自然对"报警"等词汇无比敏感。

"怎么会？"辛栀眼睛弯了弯，带了些小女儿家的羞涩和崇拜，"我相信你不是故意的。"

向沉誉扫了她一眼，她白皙的脸在光斑下忽明忽暗，眼神却还和当年一模一样，带着清纯与骄纵交织的引人深陷的诱惑力。

他嘴角向上勾了勾，漫不经心道："我就是故意的。"

辛栀一窒，过了老半天才笑着搭话："那肯定是对方有错在先咯。"

十足的花痴模样。

向沉誉不置可否，不再搭理她，侧身避开与她接触。

秦潮礼看辛栀这副没有正义感的态度，笑了笑："也好，让她来搭把手。"

直到听到这句许诺，苏心溢才松了口气，她不着痕迹地跟辛栀对视一眼，更加温柔地倚在秦潮礼怀里，却只听见他接着说："今天上午又死了一个我们的兄弟，死法和前两个一模一样，估计就是冲我们而来。"他目光一一扫过在场的所有兄弟，隔着缭绕的烟雾，最终停滞在辛栀身上，"警察那边也在查。"

苏心溢一顿。

"我们对抓凶手没什么经验，既然她之前读过警校，索性查查看，要是真瞎猫碰着死耗子，赶在警察之前查出来了，说明她跟我们还是有缘分的。小向也是，既然读过几年警校也不能白读，有时间可以帮帮她。"秦潮礼笑眯眯地望着辛栀，"小姑娘，你怕吗？"

辛栀手指攥成拳头，大言不惭道："我沈稚伊从小到大还没怕过，不就是抓凶手嘛，警察能做，为什么我就不能做？"

秦潮礼好像很欣赏她这副倔强的样子，点头抚掌大笑。

"你说你叫什么名字？"向沉誉把玩着酒杯蓦然开口。

辛栀不避不让看着他，唇畔带着刻意的笑："沈稚伊，我叫沈稚伊。"

这个问题在她的预料之中，她自看到向沉誉出现起，就猜到自己极有可能身份败露。她在赌，拿性命赌向沉誉会不会拆穿她。

向沉誉默了默，脸上浮起很淡薄的笑意，说不清是讽刺还是什么。

"好名字。"他说。

陆陆续续地又进来一些人，新一轮的鬼哭狼嚎再次充斥着整个包厢。

时间不早了，苏心溢协同秦潮礼离开了。离开前，秦潮礼给辛栀安排了八楼的一间房，让她暂时住在那里。

能够留下来，辛栀既疲惫又高兴。除了，意料之外地见到了向沉誉这个昔日恋人外，一切都很好。

她借口要去休息，目不斜视地绕过沉默的向沉誉，走出了这个乌烟瘴气的包厢。

本在大肆调笑的邹二哥目光一闪,也起身走出包厢。

有人端着酒杯凑到向沉誉跟前,套近乎道:"向三哥累不累?要不要我去叫几个妞来,给哥几个放松放松?"

向沉誉面无表情地推开对方的酒杯。

"不用。"他拿起搭在一旁的外套,起身也出了包厢。

那个敬酒的人面上挨不过,丢开酒杯,讪讪笑骂道:"向三哥还和以前一样,真是没意思得紧!"

……

向沉誉是在楼梯转角处看到辛栀的,她独自一人。

辛栀看到向沉誉走近一点也不意外,甚至还开玩笑道:"你来得真晚。"

可向沉誉却并未看她,径直继续往楼上走。他的房间也在楼上,又或者说,大家其实都住楼上,方便互相照应也方便行动。

"向三哥为什么不乘电梯?不是有电梯的吗?"她言笑晏晏。

向沉誉停住脚步,转身居高临下地看着她。

"你来干什么?"他沉沉开口。

"还是说向三哥自警校起,爬楼梯爬上瘾了不成?"辛栀继续笑。

辛栀是大一那年认识向沉誉的。她样貌好再加上成绩突出,在学校里被追捧得多了，导致她性子偏骄纵，认为谁也配不上自己。

是向沉誉来主动追求的她。明明是性子冷淡、同样高傲受追捧的人，在追求她的日子里却干了不少傻事，其中就包括，日日爬楼梯去天台见她。虽然那只是她的一句玩笑话罢了。

而她，就是在他并不熟练的攻势下，软得一塌糊涂，自此陷入爱情之中。

"你来干什么，警官？想通风报信，沈、稚、伊？"他一字一顿叫出这个名字，语气嘲讽，眼神极寒，"用化名的借口想好了吗？"

辛栀一顿，冷笑一声："警官？什么警官？你真以为经过了那样的事情，我还能留在警校吗？我还有脸留在警校吗？向沉誉！我没你这么冷血！杀了人犯了法就不顾一切地离开，什么也不解释！你好狠！至于沈稚伊这个名字，那是我和苏心溢之间的事情，我混不下去了，所以来投奔她，你难道怀疑苏姐不成？"

她笑容扩大："反正我在警校待不下去了，我还能怎样？还能去哪儿？报复社会？像你一样去杀人？还是贩毒？"她耸耸肩，"对我而言没什么区别。"

似真似假的话连她自己也分不清到底哪些才是真实的。

向沉誉沉默，他三步并作两步踏下几级楼梯，冰凉的外套突然披在辛栀肩膀上，遮盖住她裸露的后背皮肤，这温度让她忍不住抖了抖。紧接着，他的气息铺天盖地而来。

烈酒的味道，无法言说的情愫，时隔四年，无比熟悉却又无比陌生的气息，带着满满的侵略性，甚至称得上是粗暴。而辛栀也不甘示弱，大胆激烈地回吻他，咬噬着他的唇瓣。她内心无比清楚，要想留下来，只能讨好他，纵使她内心的钝痛因为这个熟悉的吻而越来越清晰。

向沉誉，你到底想要什么？

而我，又想要什么？

良久，他松开她。

"你要拆穿我吗？"辛栀搂住他的脖颈轻轻笑。

"威胁我？"他危险冰凉的语气似呢喃，让人忍不住心跳加速。

"不是你先威胁我吗？"

话语间，两人已经气喘吁吁，他眉眼沉沉，瞳孔里只映下她一人，伸手捏着她的下巴不断用力。

"你在包厢为什么跟我套近乎？"他低低的话语几乎是贴着她的嘴唇说出来的。

"我不想和邹二哥扯上关系，与其跟他，还不如跟你。"辛栀笑得很恶劣，"至少你皮相比他好看，让我不至于太恶心。"

说话间，她纤细的手臂已经环抱住向沉誉的腰。

"我想留下来。"她声音几乎微不可闻。

"小向！你们在这里做什么？！"身后骤然传出一个咬牙切齿的声音。

是邹二哥。

辛栀早看到他的存在，将头倚在向沉誉肩膀上，露出一双眼睛，害羞地说："邹二哥，你能不能不要告诉姐姐？我不想让她多想……多谢邹二哥。"

向沉誉缓缓松手，对邹二哥的出现并不意外，或者说，他本就是特意做给邹二哥看的。

"二哥，"他头也不回，透过辛栀的头顶望向她身后窗外的万家灯火，语气带了些许难得的示弱，"我看上她了。"

邹二哥眼神愈发阴郁，默了好一阵，他冷哼一声，故作大方道："我倒不知道向来清心寡欲的向三哥有朝一日能看上一个女人，看来这个女人果真有魅力。"他视线来来回回在辛栀身上流连，带着并不想掩饰的欲念，"你二哥不缺女人，犯不着跟二哥客气，只希望向三哥你的兴致能维持得久一点才好。"

他轻佻地朝辛栀吹了声口哨，然后慢吞吞地下了楼，消失在转角处。

辛栀垂下眼不再说话，只觉得与向沉誉相贴的肌肤滚烫得厉害，心跳的速度也几乎要失控，是久别重逢的极度欣喜，更是令人窒息的绝望。

向沉誉退后几步，拉开与辛栀之间的距离，低头理了理稍显凌乱的衣领。

"他不会放弃。"向沉誉说。

"我知道。"辛栀语气嘲弄,"所以你要维护我吗?"

向沉誉面无表情地抬眼看她,他的瞳孔很黑很沉,经过这四年的枪火与磨砺愈发深不见底,看不出一丝一毫情绪来,让她无法捉摸。

她甚至开始怀疑刚才那个吻到底是他冲动而为,还是别有企图。

"维护?"向沉誉倏地低笑,双手插兜定定看她,"事到如今,你以为我是什么人?警校的优等生?还是伸张正义的刑警?"

辛栀的手指一寸寸攥紧,明明知道答案会是这样,明明知道答案就是这样,一颗心还是忍不住因为这种话而猛然坠入冰窟里。

"别太天真,辛栀。"

这个名字甫一出口,两人都轻微地怔了怔。过往那些甜蜜的场景一一自脑海里掠过,与现实隔着不可鸿越的沟壑。

语毕,向沉誉毫不留情地转身往楼上走。

"是我天真还是你太天真?难道不是你亲口说你看上我的吗?向三哥?"辛栀抬高语调笑道,有意要在这场言语交锋中激怒他,"为了我和邹二哥作对,这就是你的不天真?"

向沉誉并不在乎她的步步相逼,也懒得解释自己的行为。

"我不欠你什么,而现在,是你欠我的。"他头也不回,嗓音冰凉,"我历来不做老好人,仔细想一想你打算如何还我吧。"

他的步子渐渐远去,"外套不用给我,丢了吧。"

　　四周陷入一片沉寂,辛栀狠狠捏着向沉誉披在自己肩膀上的外套,脸上扬起的笑早已荡然无存。她抿紧嘴唇一个人默默往楼上走。

　　好不容易才寻到自己的房间,随便打量了几眼,行李早已经被人送进来了。她果断脱下外套,发泄似的塞进垃圾桶里,然后赤脚跑去浴室洗澡。

　　这该死的属于向沉誉的味道,再多存在一秒,对她而言都是折磨。

　　是,不得不承认,才一见面,她就落了下风。

　　不管是没有戳穿她伪装的名字,还是帮她挡开了邹二哥,都是他。

　　长长久久占据着自己整颗心的他。

第四章

只要熟悉内情的郑闻贤选择沉默,
自然相安无事。

辛梔起得很早,却是下午才出的门。

不管是对警方还是对秦老大而言,抓住实施犯罪的凶手都是刻不容缓的事情。

更何况,她要比警方动作更快,只有这样才能尽快获得秦老大的信任,从而接触到更深层次的东西。

以普通人的身份探案却能比警方动作更快的方法里,最直接有效的只有一个:从警方内部获知准确消息。

她在门口保镖的陪同下去了一趟第三个死者的家中。巧的是,保镖就是昨天陪同在苏心溢身旁自打耳光的那位。

他面对辛梔的疑问毫不隐瞒:"苏姐担心您一个人人生地不

熟，安排我陪同在您身边，您有事招呼我做就行。"

苏心溢果然考虑得很周到，这个保镖的存在，既能减少秦老大对她的顾虑，也能保护她的安全，实在是一举多得。而且，自己还曾小小帮助过他一次，如果他懂得感恩的话……

辛栀朝他微微一笑，弯腰坐进车内："多谢你。"

那保镖头埋得更低，语气仍然冷淡，耳垂边却开始泛红："分内的事情，沈小姐不必客气。"

"对了，你叫什么名字？"

"我姓高，沈小姐跟苏姐一样叫我小高就好。"他关上车门，坐进驾驶室。

"你不用叫我沈小姐，听起来怪怪的，反正我们年龄差不多，你直接叫我的名字也可以。"

小高望了一眼后视镜，恰好对上辛栀弯成月牙的眼，他赶紧别开眼，默默开车，不再说话。

第三位死者是独居，平日除开上班时间就是待在出租房里。巧的是，他所租的地方和第一个死者宁跃的家隔得非常近，是上下楼的关系。警察的现场调查已经结束，半掩的门口拉着警戒线，但可以看出室内已经被打扫得干干净净，完全无法想象这个僻静的房里曾经历过怎样惨烈的一幕。

因为案件惊悚可怕，周围的住户要么大门紧闭要么举家暂时搬去了别的地方住，楼道里无比冷清。

辛栀让小高在门外等候，以专心勘察为由独自走了进去。小高不懂怎么查案，没有丝毫怀疑。

郑闻贤果真按照约定和几个工人待在客厅里。

虽然她才刚刚接触到秦潮礼一伙人，需要谨慎再谨慎，不到万不得已不能和警方接触，以免暴露身份。但秦潮礼出乎意料让她查案的举动，还是让她铤而走险选择联系了郑闻贤，于是顺理成章地选择在最危险也是最安全的地方见面。

他一身粉刷工人的蓝色制服，叼着烟蹲在地上拿着墙刷在给墙壁重新上漆，原本血液四溅的惊悚景象已经被遮掩得差不多了。听到辛栀走近的动静，他眉梢一动，声音清朗道："小姐要租房子？"

辛栀看到郑闻贤这副打扮忍不住弯了弯嘴角，答："对。"

郑闻贤回头随意瞥了她一眼："小姐一个人租还是两个人？"

辛栀表情懊恼，耸耸肩说："我倒是想两个人租，可没人愿意和我一起，我也没办法。"她朝郑闻贤使了个眼色，示意门外有人在。

郑闻贤低头掩饰掉唇畔的笑容，将墙刷放回漆桶里，摘了手套，把燃到尽头的烟蒂掐灭，这才走到辛栀身前，挑眉道："进去看看？"

房间很暗，他一把拉开窗帘驱散掉房里残留的些许血腥味。

"尸体在客厅遇害，被凶手拖到卧室的卫生间里分尸的，分尸手法和前两个一样，尸块分割得十分整齐，参与该起案件的警官这几天都被恶心得吃不下饭，凶手心理素质实在很强。"作为缉毒队副队长，郑闻贤并没有参与这起案件，是为了和辛栀信息交接，这才半夜紧急了解了情况。

他眯眼沉思了一阵："第一个死者宁跃的尸检结果已经出来了，他吸毒，死之前恰巧刚吸完毒，正在醉仙欲死之中，这才给了行凶者可乘之机。目前，警方已经初步锁定了几个嫌疑人。"

郑闻贤给辛栀看了看几位嫌疑人的照片，简短地交流了案件进展后，问："你在那边怎么样？还习惯吗？"语气里是怎么也掩饰不住的关切。

辛栀公事公办，低声道："没什么习惯不习惯的，既然选择警察这一行，就没有习惯与不习惯之分。我在那边暂时没能发现什么线索，只是，照目前来看，先后几名死者都与贩毒组织有着千丝万缕的联系，凶手很大可能就是冲着他们来的，所以秦潮礼这边也急着抓到幕后真凶。如果我真的帮到了忙，说不定就能借此机会了解到更多深层次的东西。"

辛栀蹙眉分析完后抬头的瞬间，正好看到郑闻贤关切地注视着她的眼神，她一顿，笑道："放心吧，线人跟秦潮礼关系不简单，不会轻易怀疑到我头上来的，我没有暴露。"

认识这么多年了，郑闻贤怎么会看不出辛栀客套的笑容，他"嗯"一声，倚在窗边神情淡淡："那就好。"

郑闻贤视线从辛栀脸上移到衣袖上沾染的几点白色墙漆上，隔了半晌才转移话题。

"他又在夜总会出现了。"郑闻贤冷哼，神情带着几分鄙夷，"几年不见，已经堕落成这个样子了。"

"你暂时不要抓捕他。"

郑闻贤一愣。

"我已经在会所见到他了。"辛栀一字一顿慢慢说。她不可控制地想起昨晚那个情绪失控的吻，脸色不自觉地微白。

郑闻贤并没注意这些，他心思通透，很快明白了辛栀的意思，眉头也拧成结："他与毒贩组织是一伙的？"

辛栀点点头："所以你暂时还不能抓捕他，就当不知道他出现在春望市吧。免得他鱼死网破，把我也咬出来。"

郑闻贤眉头越蹙越紧："他没怀疑你？"

辛栀摇头："就算怀疑，他也拿不出证据来。"她嘴唇一抿，语气冷淡得很，"你忘了吗，他在杀人逃逸前，将我所有与他有联系的东西全部销毁得一干二净了，我和他已经没有任何关系了。"

一丝旧情也不念，就这样毫不在乎地抽身而出。

郑闻贤低头看着那白色污渍良久，越看越觉得碍眼，老半天才应道："那好。"

我暂时放弃追捕他。

不是为了他，而是为了你，为了你卧底行动的安全考虑。

向沉誉四年前杀人一案，据说死者与向沉誉发生冲突，最终酿下惨祸。当晚郑闻贤和几个学生赶到现场时，只看到死者倒在血泊之中。出于警校名誉考虑，这个案子没有被宣扬出去，只有当地警校上级和几个知情学生知晓情况，连向沉誉当时的女友辛栀都是从校长口中才得知。那时的她刚刚结束和好友的短途旅行，刚一返校，向沉誉早已畏罪逃得无影无踪了。

辛栀不是没有怀疑过事情真假，她不愿相信一向沉稳内敛的向沉誉会做出这样的事情，却抵不过警校校长和老师的一致说辞，抵不过向沉誉的失去联系。

向沉誉的行为不止让辛栀震惊，更让无数对他寄予希望的老师失望无比。警校所在地的警方一直在寻找他的下落，誓要将他绳之于法。

而春望市的警方则对这起旧案并不了解，只要熟悉内情的郑闻贤选择沉默，自然相安无事。

说话间，楼下传来急促的车鸣声，郑闻贤透过窗户侧头看了一眼。楼下不知何时驶来一辆黑色轿车，原本肆无忌惮在巷子里奔跑的小孩一个不留神冲到车前，险些被车撞倒。

小孩被车鸣声吓了一大跳，扯开嗓子开始大哭，车里的人却毫无反应。

郑闻贤收回目光，嘴角讽刺地扯了扯："他来了，胆子可真大。"

辛栀循着目光看向楼下，正好看到楼下黑色轿车后座上，身着昂贵精致西装的向沉誉手肘搭在车窗上，目光悠远不知道在看哪里。距离隔得有些远，看不太清他的表情，只觉无比冷漠，与老旧破败的周遭环境格格不入。

与记忆中那个他也无法吻合在一起。

她下意识掏出手机,果然有一条短信,是向沉誉发来的:下楼。

昨晚在苏心溢的刻意撮合下,她与向沉誉、邹二哥等人互换了手机号码,以方便联系。她明白,相比向沉誉,苏心溢更愿意拉拢她跟邹二哥在一块。

郑闻贤垂眼看了几秒,这才对身旁的辛梔说:"下去吧,他是来找你的。"

自己的行踪被他全然掌握,辛梔并不意外。

"那我先走了,那边一有新的情况我会主动联系你的,至于找凶手,"她扭头一笑,笑容明媚如昔,"该了解的我都已经了解得差不多了,接下来,就看我和你们警方谁能率先抓获凶手了。"

郑闻贤看着她纤瘦的背影,唇边溢起一丝苦笑,这次的会面实属突发情况,下次见面不知要何时了。他最后看了楼下静默等待的向沉誉一眼后,返回了客厅继续干粉刷的工作。

纵使是假扮粉刷工人,也要有始有终。

辛梔刚走到门口,就听到门外小高刻意压低的冷淡声音:"……小姐,这里真的不能进,请离开吧。"

门外的女人还在小声央求些什么,听不大清楚。

与此同时,小高已经注意到辛梔走出来,朝她礼貌地颔首。

辛梔稍一打量就认出了门口那女人是宁棠,第一个被分尸的死者宁跃的姐姐。但现在看起来,她的样子比照片上光鲜的样子要憔悴了很多，估计是因为弟弟的惨死受到不小的打击。

　　见两人出现在这种案发现场，宁棠顺理成章地以为小高和辛栀是便衣警察。她敏锐地注意到了小高对辛栀的态度，主动朝辛栀亮了亮自己的记者证，语气放软："两位警官，我是报社的记者，据民众反映，这里发生了残忍的分尸案，现在整个春望市都非常关注事态的发展。我知道贸然问案件调查情况很唐突，所以我只打算在案发现场拍几张照片，只是待几分钟，拍几张照片就好！拜托了警官！"

　　辛栀目光一闪，明白她是打算利用自己记者的身份查案，没头没脑地想着先来这里碰碰运气，也不拆穿她，耸耸肩答道："不好意思，我们不是警官。"

　　宁棠一怔，又细细端详了辛栀几眼，懒散的样子好像的确和警察搭不上边。

　　"那？"宁棠示意。

　　辛栀做了个手势，眼睛弯了弯："记者小姐，请便。"

　　宁棠又狐疑地看了看原本阻止她进去的小高，还是自口袋里掏出名片塞到辛栀手里——这已经成为她的职业习惯了。

　　她在辛栀微讶的神情里勉力一笑："不管是不是警官，相逢也算缘分，如果你以后遇到什么重大新闻或者劲爆的小道消息都可以打电话联系我，我会去一一核实。放心，我们报社是提供报酬的。"

　　辛栀："……"

辛梔意味不明地注视着宁棠走了进去，看着她和包括郑闻贤在内的几个工人打了声招呼，才慢悠悠走下楼。

这位记者小姐，倒是有意思得紧。

宁棠的余光注意到辛梔两人已经离开，紧张的心情缓解下来。也不知道为什么，那位小姐明明长得美，笑容也很甜，却让自己没由来地有些紧张，比跟门口守着的那个冰块脸说话还要紧张，紧张的同时还冒出些想要亲近的感觉。

她此刻的心境与辛梔完全不同，宁跃的意外死亡，让她消沉得几乎要将工作抛之脑后。

宁跃前段日子愈发萎靡不振，她本以为是生病了，所以不再紧逼着他去找一份正式工作。她不是不知道弟弟在一家夜总会帮忙，她总觉得那不是什么正经事，担心他会因此惹上麻烦。

直到宁跃惨死，她通过医院一位她曾帮助过的护士才知道了实情——弟弟的尸检结果显示着，他吸毒。

第五章

她猝不及防撞进向沉誉怀里,
恰好清楚地听到他的心跳。

"怎么来这么慢?"车窗早已关上,向沉誉单手支颐,合着眼问。

"发短信到现在,相差十五分钟。"

辛栀拉开车门坐进去,只觉得后座很暗,空间狭窄空气稀薄,但她还是乖巧地望着向沉誉温温和和地反问:"向三哥有事找我?是秦姐夫让我查案的,我可是在办正经事呢。"言语间,将自己动作迟缓的理由说得理直气壮。

向沉誉睁眼,将搁在膝盖上的两个纸盒子递给辛栀。

"换上。"

辛栀不明所以,打开来看,是一条漂亮的白色小礼裙和一双细长高跟鞋。平日里训练穿惯了方便行动的裤装，早就没穿过裙子了，她眉头一皱，却没提出异议。

"我在哪里换？"

向沉誉伸手将驾驶室与后座之间的帘子拉上，隔绝掉司机和副驾驶上小高的视线。

"换吧。"

"……"

辛栀默了默，忍住脾气，挤出笑："时间这么紧？我们要去哪里？"

"秦老大要招待几个从外地过来的客人，安排我们几个作陪。"他一顿，目光似审视，"苏姐特意让我叫上你。"

辛栀的眼睛弯成恰到好处的弧度，语气像在撒娇："这样呀，是什么样的客人？来头很大吗？还需要秦姐夫亲自接待？"

向沉誉冰冷的目光划过她的脸，嗓音低沉似威胁："你老老实实待在我身边，什么也不要做。"

前半句听起来像是情人之间的对白，但辛栀明白，他的意思是会时时刻刻监视着自己，自己昨晚那番话并没有完全打消他对自己的疑虑。

她"哦"一声，笑道："我人生地不熟的，当然会乖乖陪在你身边，放心吧。"

向沉誉收回目光，嘴唇抿成一线，不再说话。

辛栀在心底翻个白眼，恶心不死你。

她知道窗户是做过特殊处理的，从外面看什么也看不清，也不扭捏地让向沉誉闭眼,开始快速地换起裙子来。警察嘛,总会时不时遇到紧急情况,她有特殊的换衣不走光技巧。

向沉誉面无表情地重新合上眼,没兴趣看她换衣服,也并没兴趣问她,她到底和苏心溢是何种关系,苏心溢又为何要帮助她?

只要不伤害到自己的利益,这些通通与他无关。

车子到达酒店门口后,小高率先下了车,尽职尽责地替辛栀打开车门。

辛栀道了谢,理了理裙子上的褶皱后起身,虽然不是长裙,该遮的地方却都遮得严严实实的,她很满意。她绕到向沉誉这边挽住他的手臂,眼睛亮晶晶的显得有些娇憨。

"我们进去吧。"

向沉誉眉峰一蹙,却并没有阻止她的动作。

甫一推开宴客厅的门,就看到不少西装革履的男人携着女伴聚在一起谈笑风生。大多是成功人士的打扮,辛栀摸不准里头的人究竟是何种身份,不好轻举妄动,索性按向沉誉所说的紧紧跟着他。

"向三哥!"

"向三哥好!"

周围几个脸熟的兄弟纷纷冲向沉誉打招呼,在看到一向独自一人的他身旁的辛栀时,脸色微变,纷纷投向惊讶的目光。

向沉誉在组织里能力极其突出,手腕铁血狠厉,短短四年俨然成了秦老大的左膀右臂，甚至隐隐有盖过邹二哥的势头。

他们几个在上个月跟随秦老大从金三角贩毒集中地辗转到国内开拓市场，首选之地就是春望市。

刚到春望市时，东道主的他们为了讨好向沉誉，明里暗里给他塞过不少女人，清纯型、美艳型都有，但他都一一拒绝，不近人情又不好女色，实在无趣得紧。他们甚至要怀疑向沉誉在金三角早有旧情人了。没想到他这次居然带了一个陌生女人来参加聚会，看模样倒是登对得很。

向沉誉朝他们一一颔首，也没打算解释辛栀的身份。

反倒是辛栀笑嘻嘻地跟他们招手，手臂也挽得更紧了些，总算了解了当老大身边人的女人，受到万众瞩目是一种怎样的体验。

只有在这群人包括秦潮礼的眼中，把自己与向沉誉之间联系得越紧密，对她的行动而言就越安全。

"稚伊、沉誉，你们怎么来这么晚？"

早早到达宴客厅的苏心溢朝辛栀招手，她一身贴身的旗袍，温婉又迷人。她走过来亲热地拉住辛栀，辛栀原本挽住向沉誉的手顺势松开。

苏心溢嗔怪道："你呀，就是性子急，让你去查你还真去呀？长得柔柔弱弱的哪能真干这种事情？你秦姐夫就是随口说说的，查凶手这回事交给沉誉他们去做就好。"她又别开眼看向向沉誉，眼底蕴含着些不一样的情绪，"你说是不是，沉誉？"

向沉誉眉眼居然放柔和了一些："是，苏姐。"

辛栀直觉有些怪异，却没表现出来，信誓旦旦地笑着说："既然答应了秦姐夫，我当然要认真去做，不然怎么对得起秦姐夫对我的期望？"

苏心溢亲昵地捏了捏辛栀的脸："你呀，尽力而为就好，下次不管是去案发现场还是什么别的地方，让邹二他们陪你一起，安全最重要。"

辛栀笑容收了收，她就知道，自己的行踪小高会一一向苏心溢和秦潮礼汇报。

"为什么不能是向三哥陪我？"她状似无意地埋怨，"邹二哥看起来好凶。"

苏心溢一顿，眼神冷了冷，但很快转瞬即逝。她笑："你向三哥最近比较忙，别看邹二看起来凶神恶煞，其实这种男人最可靠。"

向沉誉沉默不语像是默认，辛栀心沉了沉，只好撇嘴嘟囔："那好吧……"

吃饭的时候，辛栀被安排在向沉誉和邹二哥所在的那一桌。

而秦潮礼和苏心溢与所谓的外地来的客人在离他们很远的位置，纵使心底再不情愿，她还是坐在了向沉誉身旁。

对面邹二哥的视线一直不老实地停滞在辛栀身上。

"稚伊妹子穿这身裙子真好看啊。"他夸赞道，"倒是合身得紧。"

辛梔心一惊，她自己都没想到这一点，难不成昨晚那一抱，向沉誉就摸清楚了她的三围不成。

但她面上仍是笑眯眯的："那当然，向三哥替我挑的。"她朝向沉誉那边靠了靠，"是不是，向三哥？"

邹二哥一噎，从鼻子里发出一声冷哼。

他老半天才再度出声："听说昨晚稚伊妹子是独守空房？"他说这句话的语气暧昧不明。

"独守空房"这四个字很怪异，辛梔皱了皱眉。

"小向可真是正人君子……"他话语打了个转，幸灾乐祸道，"莫不是不行吧？我说你怎么从来不找女人，哈哈哈哈！"

向沉誉看也不看他，面对邹二哥的挑衅，无动于衷。

一桌的人都不敢开口说话，邹二哥和向三哥都是秦老大面前的红人，得罪了谁都没有好处。

辛梔心里一乐，乐得见向沉誉被讽刺，面上却是一副又急又羞的样子："邹二哥别说了。"字里行间倒像是默认了他刚才的那番话。

邹二哥长出一口恶气，大笑不止。

辛梔也幸灾乐祸地偷偷翘了翘嘴角。

向沉誉终于有了反应，他搁下筷子侧头淡淡望向辛梔，将她的偷笑抓个正着。

"好笑？"

辛梔憋住，正经道："放心吧，向三哥，你长这么好看，我不会嫌弃你的。"

向沉誉注视着她拼命克制住嘴角弧度的古怪表情，不知想到什么，长眉微微舒展，别开了眼。

"长夜漫漫，稚伊你要是无聊，也可以来找你二哥我……"

邹二哥还欲继续调笑，宴客厅大门外却突然远远地传来几声刺耳的枪声。紧接着，一个服务员打扮的人急匆匆冲进来，跑至秦潮礼跟前，小声说了句什么。

变故发生得太快，宴客厅里众人俱是一静。

邹二哥脸上全然没了那副纨绔神情，眼神瞬间变得狠辣阴郁，他猛地一起身，如豹子般紧紧盯着门口的方向，左手已经伸向身后。

辛栀心一沉，邹二居然大胆至此，敢随身带枪？

她下意识地望向身旁的向沉誉，他却是一副平静的样子，继续伸筷夹菜，面对这番突发事故依然波澜不惊。

远处的秦潮礼神情冷凝，全然没有慌乱。他起身微笑道："是警察查案，查案的房间离我们挺远的，大家放轻松些。"

秦潮礼身边那几个外地客人惊魂未定，不住地往门口张望，却也渐渐放下心来。

苏心溢却是脸色一变，她隔着人群远远望向辛栀的方向，辛栀明白她的意思，她害怕自己线人的身份暴露。

辛栀微不可察地轻轻摇摇头——不是我叫来的警察。

在春望市公安局，仅仅只有局长和郑闻贤知道她的卧底行动，她没有理由在毫无证据的情况下叫警察来一锅端了秦老大一伙人。

邹二哥闻言表情变得有些微妙，他重新坐下，凶狠的神情收了收，大笑道："不关咱们的事，也碍不着咱们，大家继续吃继续吃！"

几个神色紧张的兄弟也缓了缓，继续小声说话。

辛栀低头扒饭，也不好插嘴问些什么，脑子里却不停想着，这不该是毒贩面对警方查案的表现才对，外面到底发生了什么事？

没一会儿，宴客厅的门被推开，几个穿着防弹服警察打扮的人进来，但只做了一些简单的问询便离开了，看样子果然不是冲他们而来。

辛栀记性很好，看过春望市公安局所有内部人员资料，知道那几个警察是缉毒队的，他们刚才在外面的那番行动必然是为了缉毒。

饭毕，秦潮礼、苏心溢和几个客人在保镖的护送下离开了，宴客厅瞬间只余下十几个眼熟的亲信。辛栀是苏心溢带来的人，邹二哥自然不疑有他。

他不再避讳，一拍桌子，脸色阴沉大骂出声："手下没一个能办事的！几个叛徒都清理不干净！还好秦老大有先见之明，不然死的就是咱们了。"

隔壁桌的一个花T恤男人赶紧搭腔："放心吧，邹二哥，已经处理得差不多了，这次偷偷向条子打报告的已经是最后一个。"他脸上堆着阿谀奉承的笑，笑出一嘴黄牙，"秦老大神通广大，特意留了一手，不仅把那叛徒顺势抓了出来，还顺便将春望市其余……势力一锅端了，佩服佩服！"

隔壁刚刚被捕的是常年藏匿在春望的本地贩毒小团伙，人少货少还胆子大，所以敢直接在酒店当面交易。虽然货不多，但毕竟阻碍了秦老大一方的发展，于是成了眼中钉。秦老大在组织里放出话要在这家酒店当面交易，引得那向警方通风报信的叛徒出洞。那叛徒说到底也是底层人物，加入组织不过是为了混口饭吃，没有亲眼见过秦老大，为了举报金，便按知道的说辞举报了那个小团伙。

而那几个外地客人，的确是秦老大明面上正经的生意伙伴而已，就算查，也查不到什么东西。

邹二哥嗤一声，脸色缓和了些许："那几个偷鸡摸狗的垃圾玩意也敢和秦老大抗衡？"他一顿，停住了话头，深谙有些话并不适合在这种场合说。他无所畏惧地咧咧嘴，"说到底，咱们秦老大可算为春望市做了一件大好事！"

好几人连声附和，不知道是心知肚明自己和倒霉被抓的那些人没什么两样，还是全然将自己当作正义的化身。

"那邹二哥、向三哥，那叛徒怎么处理？"花T恤男人问。

邹二哥不耐烦地皱皱眉："这种话还问？叛徒是什么下场你

不知道？"

邹二哥这话显然是杀鸡儆猴了。

辛栀闻言一静，不动声色地打量着周围的人，好几个都眼神躲闪，看来私底下有不少人或多或少踩过底线。初来乍到，不太熟悉秦老大手腕的人该好好思量下了。

花T恤男人点头，知道还是照老样子，找个荒郊野岭将叛徒杀了再埋了，这些脏活累活一向都是直接丢给他干的。

邹二哥瞄一眼僵在座位上的辛栀，突然不怀好意地笑了笑，问那花T恤男人："那叛徒现在在哪儿？"

"在老地方，派人一刻不离地守着。"花T恤男人赶紧答。

邹二哥将别在身后的枪丢到向沉誉怀里，抬了抬下巴，故意挑衅："小向你好久没开过枪了吧？手法不会生疏了不少吧？来，二哥给你个机会练练手！"

向沉誉稳稳拿着枪，黑漆漆的枪看似小巧却有些沉，他随手掂了掂，唇角轻轻勾了勾，眼眸沉沉，看起来邪肆而危险。

这一刻，坐在他身旁的辛栀全身冰凉，不由得生出一种从未认识过真正的向沉誉的感觉。这一刻，她曾抗拒接受的事实血淋淋地摆在她面前——向沉誉是一个冷血的刽子手，以前是，现在也是。

向沉誉已经熟练地将枪别在腰间，他并不拒绝。

"多谢二哥。"他说。

在去他们口中的"老地方"之前，向沉誉提出要先送辛栀回去，邹二哥口里骂骂咧咧的，和他们上了同一辆车。

"怎么，小向，你还怕稚伊妹子看到不成？！"邹二哥透过后视镜注意着后座的动静，眉峰一挑，话语间满是挑拨，"怕她看到你双手沾满血腥的一面？"他目光一转，话语转向辛栀，"稚伊妹子，既然你跟着苏姐来了这里，想必苏姐已经告诉了你这边的规矩，小向枪法在我们中是个顶个的强，你不去看看可真是可惜了。"

"你怕吗？"向沉誉没答他，而是紧紧盯着辛栀的眼睛。

辛栀也定定回视他，强自按捺住突然涌上心头的恶心感和抗拒感，温柔地笑道："只要是你，我就不怕。"

前方一辆车看起来是新手上路，一个摇晃越过双黄线险些撞上来，司机一个巧妙的急转才躲过一劫，惹得副驾驶的邹二哥不爽地骂了句脏话。

辛栀重心不稳，往向沉誉身侧一跌，向沉誉一反常态地顺势将她扣在怀里，若有所思道："那就好。"

她猝不及防撞进向沉誉怀里，恰好清楚地听到他的心跳，一下又一下，无比沉稳。

他带着薄茧的冰凉手指抚摸过辛栀白皙的脸颊，最后停在她的下巴上，低声道："你知道比起杀人，还有什么更容易让人上瘾吗？"

辛栀余光注意到安静下来的邹二哥透过后视镜投来的虎视眈眈的眼神，乖巧地摇摇头。

"什么?"

向沉誉将她往上一抬,一手扶着她的腰一手扣住她的后脑勺,嘴唇贴着她的耳畔。

咫尺之间。

明明语气是一贯的冰凉,却萦绕着莫名暧昧的气息:

"今晚去我房里。"

第六章

向沉誉的笑容就像他此刻不见光的身份一样……

辛栀并没有去向沉誉房里,虽然他的房间就在楼上。她明白,向沉誉那句话其实是说给邹二哥听的,因为邹二哥依然对自己不死心,甚至还赤裸裸地提出让自己晚上去找他。又或许,只是因为邹二哥挑战了他身为男人的尊严。

她不想去想为什么向沉誉要帮自己,她只知道,自己欠他越多,就越难还。

而他直到现在还没有提出交换条件。

更让她莫名烦躁的一点是,现在的向沉誉相比之前,真的很会调情。

她心里不由得一堵。

拖着疲惫的身子回到了自己的房间，辛栀脚步停了停。门外站着两个面生的保镖，房间里亮着灯，苏心溢正在里面等她。

辛栀挑挑眉，也懒得问为什么她会有钥匙这回事了。

看到辛栀的那一瞬苏心溢长舒一口气，急切地将她拉近。

"我不能离开太久，潮礼会怀疑，我长话短说。"

辛栀不着痕迹地避开她的接触，口气生疏又客套："他不信你？你不是他妻子吗？"

苏心溢一顿，苦涩地扯了扯嘴角："妻子？什么妻子？不过是一个十一年都见不得光的地下情人罢了。"

辛栀惊讶，看苏心溢的眼神也不由得多了几分怀疑。

之前苏心溢让她称呼秦潮礼为姐夫，她便认定了他们是一对夫妻。可另一方面，秦潮礼的人对苏心溢的态度却是不冷不热，连小高这样的保镖都能直接开口阻止她的动作。

她委实不懂苏心溢这样品貌的女人为什么会心甘情愿陪在一个深沉谜团又很多，随时可能赔上性命的人身边？况且，十一年？难道她是一步一步陪着秦潮礼崛起的？他们在金三角认识的？

苏心溢显然没打算在这个时候谈心，直截了当地问："你打算什么时候和警方联系？"

辛栀心神一敛："什么意思？"

"潮礼今天的所作所为不仅扫清了叛徒，还扫清了竞争者，这意味着，他快行动了。"她说。

辛栀觉得自己越发不懂苏心溢了。苏心溢看秦潮礼的眼神明明就有爱意，可她却又私自和警方联系，向警方提供了线索，将这一组织的存在透露出去，出卖了秦潮礼，意图将他置于死地。

"这仅仅是你的一面之词。"辛栀思忖了两秒，微一皱眉，"我总不能因为你这一句话就让警方抓捕他，我需要的是人赃俱获。"

苏心溢显然也明白这一点，她眼睛里罕见地闪过一丝焦虑，顿了顿才说："我明白，我会让他信任你的。"

辛栀敷衍地点点头，像秦潮礼这样的人，怎么可能因为苏心溢的三言两语而彻底信任一个陌生人？怕是向沉誉，都是经历了不少枪林弹雨踏着无数人尸体才艰辛地爬到现在的位置的吧。

"你信我吗？"苏心溢突然静静地望着她问。

辛栀微愣，沉默了片刻。她突然对苏心溢今天的出现产生了一丝怀疑，苏心溢真的是为了催促自己快些行动而来吗？

她从不认为利益至上的线人能对警方始终坚定不移，她也不信苏心溢是这样一个心直口快情绪外露的人。

"我当然相信你。"辛栀谨慎地说。

踏出辛栀房门的瞬间，苏心溢又恢复了那副温柔可人、眼睛含水的模样。

她在保镖的注视下，扭头又和辛栀依依惜别了一阵，商量好下次一起去逛街，这才不舍地离开。

苏心溢离开后，辛栀做了一晚上的噩梦，梦里到处是血淋淋的尸块，和碎尸案照片里的惨状一模一样。那个名叫宁棠的记者则在尸块堆里到处奔跑，寻找着自己的弟弟……

她甚至还梦到了向沉誉。

梦里，向沉誉握着枪一步步向她走来，她动弹不得，终于，森冷的枪口抵住她的太阳穴，向沉誉笑容如昔，手中动作却毫不怜惜。

记不清梦中说了些什么，他终于扣动扳机。

砰！

……

天色大亮。

辛栀洗漱完毕后又出了门。

临睡前接到郑闻贤那边传来的消息，已经将碎尸案凶手锁定到一个姓曹的中年男人身上，他曾连续好几个晚上到天堂夜总会买醉。

现在那个曹姓男人大概是知道警方已经获知线索了，早已消失得无影无踪。又或者，不是消失，而是去寻找新的下手目标了。如果他真的要再次下手，估计难度会上升不少，因为组织里底层兄弟人人自危，做好了应对凶手的准备。

郑闻贤向辛栀转达了局长的意思：凶手必须由法律制裁，如果最后落入毒贩手里，必然难逃一死，以暴制暴显然不是好的结局。为了防止这种情况的发生，凶手的信息并没有公开。但警方已经加大了搜索力度。

这让辛栀陷入了两难的局面里。

通过三名死者的资料对比,辛栀已经知道了其中的共同点:他们都是邹二哥或者向沉誉手下的小喽啰,住得也比较近。第一个死者宁跃就在天堂夜总会工作,工作的内容,就是当打手。当有客人闹事时,出来维持秩序。另外两位则在别的地方干活。

他们三个接触不到核心的东西,秦潮礼在春望市的行动还未正式展开,所以他们只是当当帮工,偶尔还能分到一小袋毒品。就这样,自上个月起,他们都成了瘾君子。

案子其实并不难分析,凶手也并非缜密之人,留下了不少蛛丝马迹,难的是被害人涉及了秦老大所在的贩毒组织,就算他不是冲组织而来,秦老大也不会轻易放过他。

不管怎样,辛栀打算从那几个晚上,凶手接触到的人那里入手,说不定他们就会成为凶手的下一个目标。

当她敲开向沉誉的门时,还未反应过来就被突然打开门的他反身压在门上,沉闷的一声响。

"来得真早。"他眼睛漆黑,嗓子有些哑,听不出情绪。

"当然早,不然晚上来吗?"

辛栀微微一笑,挑衅似的一个巧妙的旋身就从他的禁锢下脱身而出。

有外人在时,她尚能忍耐,现在没有别人,她凭什么处处受向沉誉压制？

　　向沉誉没再管她，转身自顾自开始换新的衬衣，话语漫不经心："你什么时候离开警校的？基本功这么扎实？"

　　辛栀没说话，视线停滞在随意丢在地上的染着干涸血迹的白色衬衣上，向沉誉此刻安然无恙，这血当然不会是他的，只会是昨晚他们口中那个"叛徒"的。

　　他们果然是去枪杀了那个人。

　　她心脏一寸寸紧缩，几乎要紧到没有知觉。

　　向沉誉不急不缓地扣上扣子，弯腰捡起那件染血的衬衣，眉眼沉沉地望着她。

　　"这么有正义感还来这里？"他眼底有极深的讥讽。

　　辛栀撇撇嘴毫不在意地笑："只是觉得你太大胆了而已，这么一身是血地回来，也不怕被人发现。"她一顿，恍然，"哦，我倒是忘了，你第一次杀人的时候大概也是这副样子吧？或许更吓人？那个时候都没被人发现，现在肯定算不得什么。"

　　向沉誉闻言低笑一声，也不多说，径直将手中染血的衬衣丢入垃圾桶里。

　　"你什么时候离开警校的？"他再度启唇。

　　"就在你离开后的第二个月。"辛栀说。

　　她表情轻松，毫不露怯。

　　她身为"辛栀"这个身份的所有资料，在向沉誉离开后的第二个月起，已经什么都没了。可以认定为已死，或者是隐姓埋名藏匿起来了，就算向沉誉去调查，也只能得到这样的结果，现在正好可以用来搪塞他。

向沉誉一默："手段不错。"

不知道他是假夸赞还是真讽刺。

辛栀露齿而笑："多谢，彼此彼此。"

当她问向沉誉要他手下的人员名单时，向沉誉好似明白她的用意，并未多问就给了她。

辛栀翻了翻："这么信任我？现在不担心我去向警方通风报信了？"

"你当然可以去通风报信。"他语速有些缓慢。

辛栀猛地抬头盯着他，她在等他的下文。

向沉誉的笑容就像他此刻不见光的身份一样，带着引人沉沦的残忍和无尽淡漠。

"如果你想死的话。"他说。

辛栀面无表情地关上向沉誉的房门，看着他漆黑的眼快速被门隔绝。

刚一转身就看到斜对面房间门口赤裸着上身的邹二哥直勾勾盯着她，半掩的门后隐隐能听到陌生女人的声音。

看到辛栀看过来，他阴沉的眼神一收，爽朗地笑道："稚伊妹子起得真早。"他目光在辛栀身上打量，"小向还在睡？"

辛栀深吸一口气，莞尔一笑："他一回来就什么也不说，挨床睡着了，怎么叫都叫不醒。"

邹二哥神情一缓，不屑地冷笑："这还没亲自动手，就吓成这样子，能做什么大事？"

辛栀故作惊讶："啊？没亲自动手？"

房里的女人在催促邹二哥进去，他不耐烦地冲里头骂了一句，里头渐渐安静下来，他才鄙夷地说："可不是？刚提起枪就借口说手腕有旧伤，扭扭捏捏，还不如老子果断。"

"是吗……"

辛栀脚步微乱，心跳仿佛也要乱了半拍，口中却仍在惋惜："真是可惜……"然后借口有事跟邹二哥作了别就匆匆离开了。

门内的向沉誉倚在墙上，将外头的对话尽收耳底。

他静默地垂眼，抬腕掀开衬衣袖子，注视着右手手腕上一道很深的疤痕。这道伤曾伤及筋骨，平时正常使用右手没有问题，但只要一用力就会不自觉颤抖。枪的后坐力很大，所以他一般都是左手使枪。

至于昨晚……他兀自低笑一声。

第七章

他三番五次帮她,必然是别有目的。

　　时间过得很快,已经是案发的第七天了。

　　凶手好像人间蒸发了一般,迟迟没有找到,但好在,他也没有继续犯案了,几个因案子心生警惕的小喽啰也渐渐放松下来。

　　而辛栀自那次招待外地客人起,再也没机会见到秦潮礼,而苏心溢也没有出现。向沉誉和邹二哥等人最近好像也挺忙,基本见不到人影。

　　辛栀暗自咬牙,总觉得秦潮礼是在以这种方式向她施压。

　　要是再找不出凶手,她估计就要被扫地出门了。但是倘若她率先替秦潮礼找到凶手,局长那边又不好交代……

　　下午的时候会所里还没开始营业,几个维护日常安保的男人围坐在吧台一边聊天一边打扑克。这几人中，有向沉誉这边的，也有邹二哥那边的。但他们两人的明争暗斗对这群人却没什么影响，不管再怎么斗，也碍不着他们这些底层的人什么事。

第一个死者宁跃原本就是他们中的一员，是邹二哥那头的人。

辛栀也凑过去和他们有一搭没一搭地聊着天，她在警校时期经常干向左邻右舍问询情况等工作，能在不经意间获得不少线索。

"阿跃的姐姐这几日倒是找过老子几次。"其中一个身材干瘦，被大伙称为老于的男人打着哈欠说。他眼下有着深深的黑眼圈，随手丢了张方片K到吧台上。

辛栀来了兴致："她说什么？"

"她没说什么，倒是对老子的身体状况很关注，老想着拉老子去医院检查。"那男人揉揉眼睛，满脸困意。

另外几个人也附和，说宁棠也找过他们，说过类似的话。

辛栀眉头蹙了蹙，这个宁棠比她想象的动作要快，居然这么快就查到了这一步。如果没猜错的话，她肯定是想要确认，他们几个是否有吸毒。

辛栀找借口去了趟洗手间，从随身的包里翻出宁棠的手机号码，想了想，拨了过去，却没人接。

她并不气馁，又拨了好几个，依然是这样的结果，索性作罢。

刚一从洗手间出来，走到吧台边却不见了老于的身影，辛栀随口问："老于他人呢？再过两个小时就上班了，不会走了吧？"

有一人回复她："是老曹来找他，他跟着老曹出去了。这个老曹，好多天没来了，神出鬼没的也不知道去哪里鬼混了！"

辛栀一愣，冒出些不太好的念头，头皮不自觉地开始发麻："老曹？哪个老曹？他们去哪儿了？"

得到答案后，她顾不上多解释，拉着守在一旁的小高就往外跑。

小高并不是第一次应对紧急突发情况，有条不紊地问："沈小姐，目的地在哪里？"

辛栀早已将那日从向沉誉那儿拿到的名单和家庭地址默记下来了，迅速报出了老于的地址。

小高明白过来，皱眉沉声问："沈小姐，需不需要叫人帮忙？"

"不用。"辛栀摇头。

她忽然又一顿，迟疑了几秒后，给向沉誉、郑闻贤和苏心溢各发了一条信息。不管是哪方，她都已经仁至义尽了。

小高侧头看一眼坐在副驾驶上的辛栀，她神情森冷得可怕，带着坚毅与果敢，一点也不像一个初出茅庐的小姑娘。

倒像是，一个面对危险义无反顾的警察。

他也不明白自己为什么会想到这样的身份，明明她和自己一样，身处污垢之中。他的视线重新落到前方，沉默地踩下油门，两边的景也如他一样沉默，渐渐被抛至身后。

那个老于的家离前三位死者所在的老城区并不远，同样在一个颇为老旧的小区里。辛栀向小区门卫打听了一番后，确认了老于的确和一个陌生的中年男人在几分钟前一起进入了小区。

辛栀刚打算上楼，小高却拦住她，蹙眉正色道："沈小姐，我答应过苏姐,要保护您。"

他说出这句话时,辛栀没觉得怎么样,他自己却呆了两秒,耳垂红了红,默默移开眼。

辛栀有些哭笑不得:"你不是想说什么,让我不要上去,你一个人上去这种话吧?"

小高微怔,点头。

辛栀扯了扯他的衣袖:"别开玩笑了,人命不等人,你要是担心无法向姐姐交差,就和我一起上楼。"

辛栀并不是冲动的人,她并没打算破门而入冲进去救人。老曹突然大白天无所畏惧地现身,老于无比信任地带他去自己家,其中种种都太顺理成章,也太诡异。她必须谨慎,不能轻举妄动。

并且,她已经收到了向沉誉的短信回复:等我。

辛栀没打算等他,却因为这条短信放松了些许。不管怎样,有后援总不是什么坏事。

楼道没有安装监控,更加安全,所以她没有选择电梯,而是通过爬楼梯上的楼。她刚打算推开安全通道门进入老于所居住的三楼时,却灵敏地听到了不远处传来的一声轻微的"叮"。

是电梯的门开了。

她脚步一停,缓了缓呼吸,示意跟在身后的小高不要再发出声音,然后透过门缝小心翼翼看过去,这一眼看到的人却是她万万没想到的人。

是宁棠。

她形色匆匆，很快就停在了老于的房门口，甫一停下脚步，她动作一滞，却踌躇起来，又焦虑地踱了几步。隔了好几秒才下定决心，按了按门铃。

很快，门开了，是老于开的门，他全然没有了刚才犯困的样子，而是谨慎地朝宁棠身后张望了几眼，这才侧身让宁棠进了屋。

宁棠怎么会突然来这里？是为了见老曹？

在这种紧要关头，无数个念头从她脑海里一一掠过。辛栀咬牙，容不得自己多想，依然全神贯注地紧紧盯住那扇门。然后，她头也不回地低声朝身后的小高问："带枪了吗？"

小高半晌没作答，静了静，才传来一个低沉的嗓音。

"带了。"

辛栀一愣，回头，果然看到向沉誉。

他动作委实很快，也不知是从哪里赶来的，穿着一身黑色夹克，和平日里穿白衬衣的样子相比，更添一份危险邪肆的气息。他呼吸微喘，紧紧盯着她的眼睛黑沉沉的。而小高和两个跟随向沉誉而来的人则沉默不语地站在他身后。

在看到辛栀扭头时，向沉誉唇角讽刺地扬了扬："怎么？想不等我就私下行动？别轻举妄动。"

他不再多说也不再看辛栀，径直经过辛栀身旁，推开安全通道的门，大步而出，立在老于房门前敲了两下门。

也许是从猫眼里看到了来人，门开了一条缝。向沉誉冷笑，也不多言，大力推开门进了屋。

老于一下子变得惊恐,小声朝向沉誉哀求着什么。

说话间,向沉誉已经完全占据主动地位,他眼神冰凉,脸上一丝表情也没有,右手五指呈爪紧紧扣住老于的喉咙,左手持枪远远指着另一个方向。

老于的脸瞬间涨得通红。

小高在门口放哨,辛栀等人紧随其后进了屋,正好见到老曹的背影急速地从客厅窗口处翻窗而出。与此同时,向沉誉扣动了扳机,安了消音器的枪声很轻微,子弹不偏不倚地击中老曹的肩膀。老曹一抖,跌落下去,那两个跟在向沉誉身旁的小弟则紧随老曹的动作翻窗追了上去。

辛栀顾不上老曹,急急看向昏迷在地的宁棠,赶紧去探她的呼吸,确认她只是陷入昏迷,这才松了一口气。

老于还欲解释:"向……向三哥你误会了……我……我真的没有……没有、没有背叛你……不对,我真的没有背叛秦、秦老大……"

向沉誉闻言松开手,活动了下隐隐作痛的手腕。

"十秒钟时间解释。"他冷冷说。

这是秦老大立下的规矩,不能不听解释就任意杀人,但也不能给多了时间找借口。看似有人情味实则铁血冷酷的规矩。

老于跪倒在地好一阵咳嗽,这才继续说:"是老曹他骗了我……"他眼神有些躲闪,手指偷偷伸向背后,"是他骗我……"

话语一停,老于从地板上拾起一把尖锐的匕首,凶狠地起身朝向沉誉扑过来。

"去死吧你！老子跟你同归于尽！"

他知道自己只要败露就逃不了一死，还不如拼死一搏。他有多年的毒瘾，身材干瘦力道不足，怎么会是向沉誉的对手，向沉誉不欲枪杀他性命，踢他膝盖，侧身躲过。

老于收不住力道，一个踉跄，直直朝地上的宁棠撞上来，眼看匕首就刺入宁棠胸膛！

说时迟那时快，蹲在宁棠身旁的辛栀顾不上多想，身体反应快过大脑，将宁棠往自己身侧一拉，再俯身替她一挡——尖锐的匕首瞬间划过她裸露的手臂，留下一道长长伤口的同时，鲜血喷涌而出。

因为这番突然的动作，她的脚撞上桌腿，狠狠崴了一下。

猝不及防的钻心疼痛感让辛栀整张脸皱成一团，疼得说不出话来。

向沉誉看她一眼，眸色一暗，森冷的杀意骤然勃发。他不再犹豫，干脆利落地朝老于后背开了一枪。老于一声闷哼，还未来得及起身又扑倒在地。

向沉誉不再管他，几步向前快速捂住辛栀的伤口，声音低哑得可怕："你怎么样？"

辛栀强忍着摇摇头："……我没什么大碍。"

她嗓子眼微干，又看了安然无恙的宁棠一眼，确信警方的人会将她救出去，最后才将视线停滞在老于身上，他的后背有一个血洞，鲜红的血液从洞里涌出。向沉誉就这样眼也不眨地当着她的面枪杀了一条人命。

辛栀胃里一阵翻江倒海，险些吐出来。

楼下远远传来警鸣声，小高跑进来急促地朝向沉誉说："向三哥，警察来了，我已经探到了一条离开的路线。"他话音还未落就注意到了辛栀的伤口，想上前帮忙，但向沉誉显然动作更快。

他长眉一皱，视线从倒在血泊中再无声息的老于身上一掠，并没管昏迷的宁棠，当机立断地将辛栀未受伤的胳膊搭在自己脖子上，弯腰抱起她，冲刚刚上楼的两个小弟沉声道："擦干净血迹。"

他是指擦干净残留在地上的辛栀的血迹，擦掉所有己方的人存在的证据。

两个小弟还未来得及处理老曹，便注意到了警察的出现，遂急急赶回了楼上。

他们对视一眼，迅速处理了现场，布置成老于与老曹内斗，两败俱伤的样子。这不是他们第一次遇到这样的情况，动作娴熟无比，甚至还往老于手里塞了一把没有子弹的枪。

向沉誉在经过小高身旁时微微一顿，目光从他身上一扫，像是已经看透了他的想法，淡声道："干得不错。"

明面上是在夸赞他及时通知警方出现的行为，但小高明白，也是在提醒他，有些人有些身份，不可逾越。

小高五指攥成拳头，颔首刻板地应声："是，三哥。"

"我自己能走，你不用抱我。"在下楼梯时，辛栀小声道。她没有挣扎，而是选用商量的方式。在这个熟悉又陌生的怀抱里，她身子不自觉开始僵硬，抬头看他却看不见他的表情，只能看见他坚毅冷峻的下颌。

向沉誉脚步很快，并没有依言松手，声音沉稳听不出情绪："相比伤势轻微，秦老大会更希望看到你伤重。"

跟在他身旁的小弟，看似是他的人，其实说到底，皆是秦老大的眼线。只有伤势越重越无法行动，才越能证明，为了替秦老大抓住凶手，辛栀付出不少努力。

这句话让辛栀一愣，忽然想到为了得到秦老大信任的向沉誉，当年究竟曾做到何种程度呢？

她嗓音紧绷，头脑清醒道："你为什么帮我，你想从我这里得到什么？"

沉默了良久，他才再度开口："替我向秦老大邀功。"

辛栀不再说话了，她无比清楚，现在的向沉誉根本不可能对她还有情分，他三番五次帮她，必然是别有目的。

她闭了闭眼，在身后不远处小高复杂的神色里，更紧地贴在向沉誉身上。

与此同时，她闻到了向沉誉身上黑色夹克上传来的似有若无的香水味。

味道很熟悉，和苏心溢身上的一模一样。

第八章

"所有人都知道，我不就你这一个女人吗？"

不知道是向沉誉行踪太隐秘还是郑闻贤有意放水，向沉誉避开警察的视线，安安稳稳地带着辛栀从小区后门离开。

邹二哥接到消息刚刚赶到这里，他视线在向沉誉和辛栀身上来来回回打转，终究不甘心地冷哼一声，驱车和他们一同离开。

车里气压低得吓人，谁也没有说话。好在车里备有医药箱，向沉誉动作娴熟地垂眼静静替辛栀止血上药。

辛栀一时吃痛，眉头越蹙越紧，却始终咬牙没有发出声音来，她不习惯展示出真实的软弱的一面。

"痛？"

向沉誉注意到辛栀的肌肉紧绷，抬眸看她。他握住她的手指不断发力，促使她发出一声吃痛的抽气声。

辛梔吸吸鼻子，露出一个委屈的笑："当然痛啊。"
"有多痛？"他问。
辛梔眼睛一眨不眨地回视着他，坦坦荡荡一字一顿"痛如蚀骨。"

我当年的离开，你痛吗？
当然痛。
有多痛？
痛如蚀骨。

"痛就不要忍。"向沉誉说。
他静了一瞬，握着辛梔的手腕将她手臂抬高递到自己唇边，目光仍紧紧锁着她，然后垂下眼睫轻柔地吹了吹，眉眼间好似带了些说不清道不明的温柔意味："这样有没有好一点？"
辛梔一怔，她心底里明白得很，这伪装出来的温柔不过是错觉。他明明不想与自己多接触，却还要强迫自己示弱，再装模作样故作亲密。
她愈发觉得他矛盾又复杂。
辛梔眼睛弯成月牙状，笑答道："多谢向三哥，已经好多了，这不过是皮肉伤而已，算不了什么的，时间也会让它完全愈合。况且呀，有句俗语叫'一朝被蛇咬十年怕井绳'，伤了这一次，下次肯定就慎重多了，不会轻易被伤的。"
向沉誉怎么会不懂她字里行间的嘲讽，他看似温柔的神色一收，就像从没流露过一样。他松开她的手腕，静默地从医药箱里翻出纱布给她缠上。

前头的邹二哥看不惯后头旁若无人的气氛，粗着嗓子搭腔"稚伊妹子，没想到你瘦瘦小小的，居然还真敢亲自去抓凶手。怎么没通知你邹二哥？别的不说，邹二哥肯定不会让你受一点伤！"

辛栀乖巧地甜笑："只要能帮秦姐夫一点忙，受伤不算什么的，况且向三哥肯定会替我报仇，是不是？向三哥？"

向沉誉瞥她一眼，轻轻"嗯"一声，惹得辛栀脸上的笑意又深了几分。

邹二哥刺耳地嗤笑一声，隔了半晌他才开口问向沉誉："是老于？"

"是他。"向沉誉说。

邹二哥脸上调笑的神色霎时间变得阴鸷，终于抓到向沉誉的把柄，他毫不客气地骂："你怎么管教手下人的？他居然还敢碰老子手下的人？那个叫宁跃的，一个多好的苗子，就这么被害死了！生怕秦老大手下可用的人手太多是不是？"

向沉誉一默，坦诚道："是我处理不周。"

邹二哥还不解气，不怀好意道："小向你自从来了春望市可是接连不顺啊，我看，你还是回克钦邦老老实实待着吧！别跟着秦老大在国内混了！"

向沉誉眉眼愈发冷峻，他轻飘飘扫了前座邹二哥的后脑勺一眼，口中仍不急不缓："多谢二哥关心。"

邹二哥不屑地哼了一声，暗自在心底盘算着在这次事件中怎样将自己的功劳升到最高。

车子很快停在了天堂夜总会侧门口，向沉誉屈身将辛栀抱出来，好在她轻，倒也不费什么力气。小高则在离他两步远的后面跟着，将自己当空气。

一路无语，直到向沉誉停在辛栀房门口，默了几秒，他才开口。

"钥匙。"

辛栀脸上红一阵白一阵，半晌才说："在牛仔裤口袋里，你放我下来，我自己拿就好。"

向沉誉没理她，动作很快地从她口袋里翻出了钥匙，打开了门。

"你在害羞什么？"他语气淡淡，"放心吧，我不会对你怎样。"

辛栀反唇相讥："我有什么需要害羞的？向三哥身上有别的女人的香水味，才需要羞愧吧？"

向沉誉一顿，倏地低笑："别的女人？"

"所有人都知道，我不就你这一个女人吗？"

他在讽刺她。

辛栀一窒，懒得再跟他扯这个话题。过早捅破他与苏心溢之间可能存在的暧昧关系，对谁都没有好处。她心里没由来地一阵刺痛，强忍着让自己丢掉这些可笑的想法。过去这么多年了，还指望着向沉誉为自己守身如玉吗？真可笑。

苏心溢虽说是秦潮礼的情人，但说到底也是个温柔如水的美人，比当年骄纵的自己不知道好到哪里去了。向沉誉自甘堕落深陷其中是他的事，与自己一丝一毫关系都没有。

向沉誉将辛栀放在床上，起身，居高临下地看着她说："等会儿会有私人医生来看你的脚伤，你乖乖待在房里，哪里都不要去。"

"你早就知道老于和凶手是一伙的是不是？"辛栀突然问。

房间里没开灯，有些暗。向沉誉盯着她问这句话时稍显倨傲的眉眼，缓缓笑了笑。对，这才是她，丢开那些乱七八糟伪装柔软乖巧的她。

"是又怎样？"他眸光暗暗，毫不避讳。

他黑色夹克上沾染的血迹已经干涸，不仔细看什么也看不出，辛栀视线从夹克移到他脸上，微微一笑，毫不吝啬地夸道："向三哥好手段。"

不用出手就解决了邹二哥看中的好苗子宁跃，再干净利落地解决了凶手，然后要求完成任务的自己替他向秦潮礼邀功。看似会因手下犯错受到牵连，实际上，所有的好处都被他捞着了，果真好手段。

而他所做的，不过是没有戳穿老于罢了。

"你什么时候知道的？"他弯腰，左手撑在床沿，低低的语气似好奇，面上却是一派平静。

他身上似有若无的香水味已经被血腥味掩盖住，再也闻不出。

辛栀撇撇嘴，端详着在车上时向沉誉给她绑上的纱布，手法居然出乎意料地细致。

"我随便猜的呗，还能怎么知道的？我之前问你拿了名单和地址，挨个去找那几人，只有去找老于时，小高出乎意料的紧张，所以我猜，他肯定知道些什么。但如果他真知道实情，那秦姐夫没有理由迟迟不动手。"

"小高实际上是你的人。"辛栀得出结论。

"猜得不错。"向沉誉夸赞她，也不知道是真心还是假意。

"你要去揭发我吗？"他微笑。

"威胁我？"

向沉誉沉默，依旧定定注视着她，无疑是默认了。

这对话有些熟悉，辛栀轻笑着摇头否认，低喃道"当然不会。"

话已至此，没什么好说的了。辛栀看着他面无表情地站直身体，转身打开灯出门再将门半掩上。等他的脚步声渐渐远去，辛栀一骨碌坐起来，将与郑闻贤私下联系用的定位手机从牛仔裤另一侧口袋里拿出，指示灯微微闪烁着。

——她刚才的紧张只是怕手机落入向沉誉手里，毕竟入住这里起，随身所有物品都要一一登记的，这部手机的存在算得上是违禁品。

郑闻贤发来的短信内容只有他们两人能看懂，上面显示着：鱼已落网。

随着老曹和那个干瘦男人老于的落网，新闻上的消息也随之而出，但除了介绍老曹和老于的身份背景外，并未透露三名死者是瘾君子这一实情。

　　杀人分尸的老曹是个厨师,他的妻子因为被有心人引诱误碰毒品,然后一发不可收拾,吸毒过量而死。家庭被毁,他内心变得扭曲,谎称妻子失踪,实则亲手将妻子分尸成碎块藏于冰箱之中。

　　他记恨所有瘾君子,在妻子毒友老于的指引下,顺势找到了天堂夜总会来,和这群瘾君子打成一片,再一一将他们杀死。

　　而那个老于恰好与顺藤摸瓜来找线索的宁棠碰上,为了避免她查到自己身上来,便打算联手老曹将她给处理掉。

　　说到底,两个人都有私心。老于有多年毒瘾,想从前几个死者手里分一杯羹,却遭到拒绝,于是利用老曹报复他们。

　　而老曹,明知道老于也吸毒,甚至为了吸毒特意租了一个出租房背着家人吸。他也知道自己被警方盯上已经逃不了了,于是故意在白天出面找老于,意图将隐藏在背后的他拉下水。

　　被残忍碎尸而死不可怕,可怕的是吸毒这件事被众人皆知,妻离子散家破人亡。

　　这是老曹对吸毒者最大的报复。

　　新闻上说,两名凶手发生冲突,内斗而亡。

　　但事实上,辛栀从郑闻贤口中得知,分别身中一枪的老曹和老于都没有死,子弹穿透了老曹的肩膀,他从三楼摔下来,摔断了腿昏迷过去。而那个背部身中一枪的老于,子弹巧妙地避开了要害,看似失血过多无力回天,实则在医务人员的及时抢救下活了下来。辛栀传递了自己这边的消息后,为了避开秦潮礼等人的耳目，局长将两人未死的实情隐瞒了下来，法律自然会制裁他们。

　　说到这里，郑闻贤顺带嘲笑了一下向沉誉的枪法。

　　他夹着烟，就着不太明亮的路灯，盯着辛栀手臂上包扎好的伤口看了好一阵，语气歉疚道："很晚才看到你发来的短信，抱歉，来迟了，害你受伤了。"

　　辛栀点头笑了笑，很是理解："没关系，你肯定是在忙，所以没注意到短信，总之过来了就好，不至于让凶手落到秦潮礼手中。"

　　"你为什么不生气？"郑闻贤有些烦躁地打断她，长长吐出一口烟雾，白茫茫一片，谁也看不清谁。

　　"啊？"辛栀笑容收了收，"你说什么？"

　　"阿栀，你还是老样子，不管别人怎样对你，你都不生气，到底是你不生气，还是你根本不在乎？"白色的雾气散开，郑闻贤眼底有着很明显的心疼，"我不需要你这么为我着想，为我找借口。你完全可以多为自己考虑考虑，你有选择自私的权利。你在我面前没必要这么累的，阿栀。"

　　辛栀一怔，恍了恍神，她明白郑闻贤是出于关心自己才说这番话。

　　她自嘲地弯了弯嘴角："我不是不生气，只是这些事情不值得我生气罢了。"

　　"那什么值得你生气？向沉誉杀人逃逸？"他突然有些咄咄逼人，与其说生气，倒不如说他在乎。因为在乎，所以才会有不一样的情绪。

辛栀显然没想到他会扯到向沉誉身上,脸色冷了冷:"杀人犯法当然值得生气,你没必要和他比。"

郑闻贤一顿,老半天才低声说:"抱歉。"他声音淡淡的,"今天处理案子不太顺利。"

"那个叫宁棠的,好像知道了些什么。"他低头碾碎燃至尽头的烟蒂。

"哦,她怎么说?"

"她没说什么,但她是故意去那个姓于的男人家里的。"郑闻贤重新从口袋里掏出一包烟,抽出一根,打算继续吸,"她在去之前做好了可能遇到危险的准备,所以她早早报了警,当时没看到短信是因为正在紧急处理她的事情。还有这个。"

郑闻贤将一支小巧的录音笔递到辛栀手里:"从她上衣口袋里发现的。"

辛栀一惊,用力攥紧录音笔:"她听过了?"

如果这是宁棠带进去录音存证据的,那这里头应该记录了从她进屋起所有的声音,甚至还包括宁棠昏迷后,自己与向沉誉等人出现的声音。如果录音笔泄露,后果不堪设想。不止组织的存在会暴露,宁棠也可能会遭到秦潮礼的报复。

"放心,她还没来得及听。她一醒来就发现录音笔不在了,我告诉她,应该是路途中不小心丢失了。"郑闻贤解释,"她应该已经死心了。"

辛栀长出一口气:"多谢。"

"别对我这么客气。"郑闻贤淡淡说。

辛栀咬唇默了默。

郑闻贤掏出手机看了看时间,朝辛栀点头示意了下,将烟叼在嘴里,戴上帽子,侧身从巷子里走出,很快消失在人流之中。

辛栀在原地独自站了会儿,才慢吞吞地往回走,绕过几条不长的街道,来到一圈霓虹灯闪烁的"天堂夜总会"前,无数喧嚣嘈杂的音乐声灌入她耳朵,她脚步停也不停,径直走了进去。

电梯门刚一打开,就看到向沉誉正在她房门口等她。他眉目俊朗,轮廓分明,乍一眼看过去,和当年在一起时没什么差别,依旧好看得过分。

辛栀很快控制好面部表情,笑着喊:"向三哥。"

看到辛栀一瘸一拐地走出电梯,向沉誉眉头微不可察地一皱,她的脚自那天崴了后一直没好彻底。

不等向沉誉问,辛栀就耸耸肩主动说:"我就是在楼下随便走走,所以就没叫小高跟我一起。你打我电话了?我手机放房间里了,没在身上。"

他一主动找自己,准没什么好事。辛栀语速飞快:"等我进去换身衣服就出来。"话语还未落,门就已经关上。

吃了闭门羹,向沉誉也不生气,他抿了抿唇,又敲了两下辛栀的房门。

"有话就说!"

"动作快点,不要迟到。"然后,他率先下了楼。

辛栀刚一进屋，就看到手机屏幕亮着，不仅有向沉誉打来的几个未接电话，还有来自苏心溢的未接电话和短信。

秦潮礼打算为这次的事情为她接风洗尘，算是正式将她接纳为自己人了。

秦潮礼其人比他看上去要更加深不可测，这次到底是接风洗尘，还是再次试探，她不得而知。

辛栀将口袋里的录音笔拿出来仔细端详了一番，认真听了听里面的录音，确认没有纰漏，这才长舒一口气。

第九章

她默默看着递至嘴边的酒，手脚冰凉，一颗心犹如坠入谷底。

　　换好衣服下楼，甫一推开包厢门，映入眼帘的就是苏心溢与向沉誉贴面低声细语的场景，包厢里暂时只有他们两个人在。不知道苏心溢说了些什么，向沉誉居然笑了笑，眉宇间闪过一丝莫名的温柔。

　　这场景看得辛栀没由来地一阵烦躁。

　　注意到辛栀的出现，苏心溢毫不避讳，起身走过来搀扶住她，然后侧头埋怨向沉誉："沉誉你也真是的，明明让你上楼去接一下稚伊，她现在腿脚不方便。人没接到，你自己倒先下来了。"

　　辛栀看着苏心溢这副装模作样的样子，笑容蓦地扩大："姐姐别担心了，我这不是能跑能跳的吗？而且楼上楼下多方便，才不需要人接。"

　　苏心溢满意地点头，笑脸盈盈，扶着她坐下："没想到你还挺有一手的，还真让你找到了真凶。潮礼知道了以后，在我面前夸了你好几次，连我都要吃醋了。"

辛栀撒娇道："姐姐、姐夫这么恩爱，姐夫肯定是看在姐姐的面子上才肯夸一夸我的。"

说话间，秦潮礼协同邹二哥等人走了进来，辛栀赶忙乖巧地起身喊："姐夫好。"

这是她第二次有机会和秦潮礼当面聊天，她必须抓紧机会。

秦潮礼看起来还是那副温文尔雅的样子，他笑容亲切地对辛栀道："别客气，拿这里当自己家就好。"

苏心溢闻言心底一喜，拉着辛栀坐下。

秦潮礼落了座，除了大刺刺直接坐下的邹二哥外，其余几个跟在他身后的男人仍毕恭毕敬地站着。

秦潮礼叹一声："你们几个，说了好几次了，怎么还是这么拘束。"

那几个男人对视一眼，受宠若惊和紧张的表情在脸上交织，但终究还是坐下了。

辛栀默默看着，越发觉得秦潮礼是只笑面虎，看似温温和和，实际上手腕强硬铁血，手底下的人没有不从心底畏惧他的。从简单的落座这件小事上就能看出来。

"伤好得差不多了吧？"秦潮礼的视线不着痕迹地从她缠着纱布的手臂移到她行动不太方便的腿脚上，关切地问。

"这里的医生医术很好，已经好得差不多了。"辛栀说。

"那就好。"秦潮礼笑笑。

一旁的邹二哥开口了,他眸光一闪,眼底别有意味:"光聊天有什么意思,秦老大,不如……"

秦潮礼无可奈何地笑了,挥挥手:"随你。"

辛栀原以为邹二哥是耐不住寂寞,想叫几个女人来,没想到邹二哥只安排小弟拿了几箱酒来。

看着几个小弟哼哧哼哧地将酒一一打开,她尚在疑惑之际,秦潮礼单刀直入地问道:"说起来,我很好奇,你是怎么知道凶手是谁的?"

苏心溢一静,也看向辛栀。

向沉誉并没注意这边的动静,拿了一瓶酒,自顾自喝了起来。

辛栀早料到了可能会出现这样的问题,不好意思地笑了笑:"其实我也是碰碰运气,逆向推理,守株待兔,一直关注着所有可能会成为凶手下一个目标的人,凶手恰好就这么撞上来了。"

辛栀摊了摊手:"我原本也不确定那个姓曹的就是凶手,"她一顿,言笑晏晏,"后来向三哥过来帮忙,那个叫老于的人一见到向三哥,就露了马脚。"

秦潮礼似恍然大悟,语气很淡:"这么说来,那个叫老于的本来就是小向这边的人吧?"他含笑望向向沉誉,眼神却渐渐凌厉起来。

他分明早就知晓了实情,却还要当着众人的面提出质疑,看来,他对向沉誉的信任出现了不小的危机。也不知是突如其来的还是日积月累的。

邹二哥丢开空掉的酒瓶,不遗余力地插刀:"可不是?小向放任手底下的人干出这种事,莫不是跟他是一伙的吧?!"说到这里，他不客气地大笑起来。

向沉誉却唇畔含笑，垂着眼盯着手中的酒杯，没有说话，好似笃定了会有人替他开口。

"说起来，如果不是向三哥，光凭我一个人，真凶肯定无法确定也无法抓住。"辛栀说。

她从口袋里翻出一支录音笔递到秦潮礼面前："这是我在老于家里发现的录音笔，差点就落入警察手里。"

向沉誉眉头一蹙，眼眸微沉，快速地扭头紧紧盯住她的脸。

辛栀则一副无知无觉的样子，装作没有看到他的表情。

几人沉默着听完录音笔里的内容，秦潮礼的表情愈发冷凝得厉害，录音里短短几句对话，比任何口头上的托词更加有力，完全能洗清向沉誉身上的嫌疑。

邹二哥脸色一变，暗自咬牙。

秦潮礼一顿，笑容一点点漫开，伸手拍了拍向沉誉的肩膀："做得不错。"

向沉誉谦逊道："这是沉誉分内的事，不值一提。"

辛栀冷眼看着两人相视而笑，对饮一杯，好像之前种种怀疑都不存在一样。

又聊了几句，秦潮礼将话题移回辛栀身上。

"虽然害死我们几个兄弟的人最后没能落在我们手里，被警察那边的人捷足先登了，但人死了，也算是你的功劳。"秦潮礼眼睛眯了眯，精光乍现，"说吧，想要什么奖励。"

"稚伊年龄还小，说什么奖励不奖励的。"苏心溢嗔怪道。

辛栀瞄了沉默的向沉誉一眼，乖巧地应道："能帮到姐夫一点忙，我就已经很开心了，不需要什么奖励。"

秦潮礼没立即回话，带着意味深长的笑，和几个兄弟碰杯，一饮而尽。

"想必你也听心溢说了这边的情况，也知道我们是些什么人，干些什么样的事。"秦潮礼搁下酒杯，注视着辛栀。

辛栀坐直身体："我知道。"

"这里有这里的规矩，不是任何人想进就能进的。"秦潮礼慢条斯理地说。

不同于宁跃、老于那些底层的喽啰，他们顶多是干中途运输的工作，除了偶尔能分到一小袋毒品外，对上层的真实身份和所做之事完全不知情。真正知晓贩毒内情的人少之又少。

辛栀心一紧，立刻又听到秦潮礼的下文："当然，你是心溢的妹妹，我们人手本来就不多，只要你愿意来，自然可以来。"

秦潮礼松口了，辛栀悄悄松了口气，不由得又想，第一次见的时候可没这么说。她眉眼弯弯，笑道："多谢姐夫。"

"当然，你也不用太紧张，干我们这行，人不犯我，我不犯人。只要警察不来找麻烦，自然相安无事，不会有人受伤，也不会有人死。"他轻描淡写地安抚，好像在说一件很普通的事情。

说到这里，秦潮礼朝右侧一个男人轻微地点点头，那人起身，亲自倒了一杯酒端到辛栀面前的茶几上。

苏心溢好似早就明白了他接下来要干些什么，别开眼不再看辛栀，显然没打算管。

邹二哥对步骤也熟悉得很，一派轻松地和旁边的人攀谈起来。向沉誉倒是一副若有所思的样子，漆黑的眼睛直直盯着辛栀。

辛栀眼睁睁看着那男人从贴身口袋里掏出一小袋白色粉末状的东西，倒了一些到刚才倒满酒的杯子里。

耳边是秦潮礼带笑的声音："古有滴血为盟，现在是现代社会了，我们不兴这套。"他端起自己由小弟倒满的酒杯，"来，姐夫敬你一杯。"

辛栀一怔，脸色一下子白了起来，她伸手无知无觉地端起那杯掺了白色粉末的酒，勉强挤出一个笑。

余光扫向向沉誉，他也并没有丝毫阻止的意思，辛栀暗暗咬牙。

说什么盟约不盟约！他们这是要靠毒品完全控制她！

难道向沉誉和苏心溢当年也是这样过来的吗？他们不仅贩毒，自己也吸毒？无数问题缠绕着她，但她已经无暇多想。

她默默看着递至嘴边的酒，手脚冰凉，一颗心犹如坠入谷底。

天堂夜总会，包厢之外，大厅舞池中央。

一个瘦小的身影费了好大力气才挤进去，她不太熟练地冲酒保喊道："大哥，来杯冰水！"

周围有人色眯眯地将她打量一番，见她孤身一人，大胆地搭讪："小妹妹就只喝水？要不要哥哥请你喝杯酒？"

她干脆地摇头："不用了。"

"真不用吗……"那人试图靠近她。

她从上衣口袋里露出警官证的一角,轻咳一声:"警察办案。"

那人一愣,摸摸鼻子,心不甘情不愿地离开了。搭个讪都能碰上警察办案,真是晦气!

来人是宁棠。

她小心谨慎地四处张望一番,将警官证妥帖地收起来,接过酒保递上来的冰水,咕噜咕噜喝了一大口,好不容易才解了渴。

那个警官证是郑闻贤的,她不太道德地从郑闻贤桌子上偷……借来的。就是为了能名正言顺地来打探消息。

说起来,这个警官也颇有些古怪,自己第一次见到他是在第三个死者的家中,他明明是警察却要打扮成粉刷工人的样子;第二次见到他,是为了报警,在警局猝不及防看到之前有过一面之缘的粉刷工人,她几乎以为自己走错地方了;第三次则是因为他将自己从老于家中救出来。

说起来也算是救命恩人,但她已经无暇顾及这些,弄丢了录音笔,很多关键证据也没了,她根本不知道自己被敲晕后发生了什么,只能另想办法找证据。

她打开随身携带的微型摄像机,将它调试好,打算独自一人查查看,看能不能发现什么不同寻常的线索。

这家夜总会委实诡异。包括弟弟在内的几名死者都是瘾君子这回事并没有公布于众,但实实在在的,他们都与这家夜总会有着或多或少的关系。

她上次查到老于头上,老于奇怪的态度,让有着多年新闻敏感度的她下意识对老于心存怀疑,便应他邀请又去了他家一趟,这才险些命丧他家。

她咬紧嘴唇,理了理衣服,推开人群快走几步。她的余光注意到有几个穿黑色西装作保镖打扮的男人上了楼,那副打扮的人她曾在某次回家去找弟弟时见过。

不管怎样,她都一定要将其中的内幕挖出来。除了抓到杀死弟弟的真凶还不够,她势必要查出毒品的源头来。

刚刚走到楼梯口,就有服务员拦住她,鞠躬笑道:"小姐是几号包厢?"

宁棠支支吾吾,随口报了个:"205。"

那服务员笑容一敛,态度强硬起来:"不好意思小姐,205包厢并没有交代有外客要来。"

宁棠没想到区区一个服务员都这么不好应付,心里愈发急切,脸上却一副笃定的样子:"我要过来,你没有接到通知吗?他们是怎么办事情的?"

大概是没见过像她这么厚脸皮的人,服务员愣了愣,开始怀疑是自己的记忆出现了偏差。她很快向宁棠道了歉,打开别在腰间的对讲机,对里头问了几句话。四周实在嘈杂得厉害,听不清在说什么,服务员只好皱着眉躲远了几步。

宁棠心里一喜,刚打算趁她不注意溜上楼,手臂却骤然被人抓住,她一惊,下意识以为自己被抓包。

宁棠在心底草草拟好说辞，刚一脸歉疚地回头却看到郑闻贤的脸。

"怎么是你？"宁棠惊讶。

郑闻贤不顾宁棠的挣扎，冷着脸直接将她拉出了夜总会。

走到离夜总会十几米远的地方，宁棠说什么也不走了。她甩开郑闻贤的手，毫无形象地蹲在路边，大口呼吸着外头的空气，气喘匀了才瞪他一眼："警官先生，你跟着我干什么？之前的审讯我该说的都说了，好像已经没我什么事了吧？我去个夜总会，一没赌二没嫖的，好像也没犯法吧？"

"宁小姐，你最好解释一下，为什么偷拿我的警官证？"郑闻贤看着她厚脸皮无赖的样子，好气又好笑，一个女孩子家家张口就是赌啊嫖的。

他半小时前和辛栀聊完后，本打算直接回警局，却鬼使神差有些不放心，折返了回来，正好看到宁棠偷偷摸摸走进夜总会里，这才跟了过来。

"你怎么知道是我拿的？！"宁棠嘴硬。

郑闻贤笑笑："需要我调监控给你看看吗？"

宁棠撇撇嘴，从口袋里将警官证掏出来丢到郑闻贤怀里，不满地吐槽："好好好，给你给你！真的……你们警察真是不作为！"

郑闻贤收好警官证，双手抱胸气定神闲的："哦？怎么说？"

宁棠眼眸暗淡下来，她指了指夜总会，小声道："这里头有问题，你们难道看不出来吗？"

她默了默："以前我不是没报道过关于吸毒的新闻，但总觉得离自己生活过于遥远，即使是替吸毒者的家人难受，也难受不了多久。毕竟这个世界上每天发生的事情那么多，值得难受的事情也那么多，哪里难受得过来？"

郑闻贤倚着一根孤零零的电线杆，静静看着她。

宁棠捂着脑袋，声音闷闷的："有些事吧，只有真真切切降临到自己头上，才知道有多可怕。吸毒是一件很可怕的事情，我很后悔当初的不以为然，现在因为毒品，我已经失去了我的亲人。我不想别人，别的家庭再经历跟我一样的事情。更何况我是一个记者，有义务为大众揭露这些。我不是说自己有多大能耐，但即使是微薄之力，说不定也能让贩毒的人吸毒的人知道，不管是藏在多么阴暗的角落里，总会有行迹败露的一天，所以我必须查下去。"她轻叹。

凉风习习吹开宁棠的额发，她看起来有些惆怅和脆弱，但更多的，是坚韧与勇气。

也许是这个时候流露出柔软一面的宁棠触动了他，郑闻贤目光放远，不由自主地想到了辛栀。

在警校的时候，辛栀其实也是一个情绪外露的人，她从小被家人宠到大，再加上天资聪颖，外貌也出众，她高兴就是高兴，生气也不掩饰，随性惯了。和向沉誉在一起后，也没有收敛，反而愈发被他宠得无法无天。

直到……向沉誉杀人逃逸，自此毫无讯息。于是她便沉寂下来，开始习惯性隐藏自己的真实情绪。

"走吧。"他说。

"哎？"宁棠抬头怔怔地看着他，声音里还带着点轻微的鼻音，"去哪儿？"

"你一个女孩子,还打算独自一人在外面待到什么时候?夜总会这种地方不是适合你待的。走吧,我送你回去。"郑闻贤无奈,稍显不耐烦地一把将她拉起来。

坐在郑闻贤的车上,宁棠一边给自己系上安全带,一边又开口道:"那个……郑警官。"

"嗯?"

"既然我们关系这么好了,下次能借用下你的警官证吗?还挺好用。"

"我们什么时候关系好了?"

"就是刚刚啊,你不是还听我谈心来着吗?"

"哦。"

"行不行啊?就借一会儿,只是为了安全起见,我保证不会干什么坏事的!"

"警局有规定,不行。你如果真想安全,就不要私自行动。"

"……那好吧。"宁棠不甘心地撇撇嘴,敷衍着答应。

第十章

她现在与向沉誉之间的关系,
无非是互有把柄互相利用罢了。

清晨的闹钟准时响起,辛栀睁开眼睛,望着天花板发了一秒钟的呆,昨晚的记忆铺天盖地而来。

她翻身起来。

脚伤经过这几天的休养已经好得差不多了,她穿上拖鞋,几步跑到卫生间,趴到马桶前一阵翻天覆地地呕吐,几乎要将胃里的所有东西都吐出来。

缓了好一阵,她才艰难地爬起来洗漱。

才刚刚换好衣服,便传来敲门声,向沉誉端着早餐看着一脸恹恹的辛栀给他开了门。

"还在难受?"他低笑。

辛栀转过身咳嗽两声，偷偷翻了个白眼。

"如果是你喝了掺了毒品的酒，你不难受？毒贩要是自己也吸毒，恐怕买卖也做不大吧？"

向沉誉一默，将早餐搁下，淡声道："你不是没吸毒嘛。"

辛栀拿起一杯豆浆递到嘴边，浓郁的豆香瞬间盖过了嘴里又苦又涩的味道。

只要一想到，自己别无他法必须喝下那杯酒，辛栀就不由得又一阵反胃。就算之后秦潮礼解释酒里添加的不过是面粉而已，此举只是为了测试她的忠诚度，是必经的步骤，依然缓解不了她的恶心感。

不管是秦潮礼，向沉誉还是苏心溢和邹二哥，看起来都不像是沾染过毒品之人，所以她才抱着一丝侥幸心理一口饮尽了杯中的酒。

向沉誉看着她脸色渐渐缓和，这才轻慢地启唇："我怎么不知道你发现了录音笔？"

辛栀表情并没有多余的变化，她"哦"一声，继续捧着温热的豆浆慢慢喝。

"你就这么关注我？我发没发现录音笔一定要告诉你吗？"她嗤一声，"我帮了你，感谢我就对了。"

昨晚所谓的接风结束后，秦潮礼将向沉誉喊了出去。向沉誉本就是秦潮礼的左膀右臂，不管怎样也依旧看重他，此次他亲手"击毙"了真凶，必然会再次受到秦潮礼的重用。

向沉誉不置可否，他等辛栀慢吞吞吃完了早餐才说："走吧，秦老大安排我带你去接人。"

"安排你？"辛栀微讶。

她知道秦潮礼目前人手并不多，虽然不至于立马让自己知晓毒品交易的详细内容，但的确该让自己渐渐上手了。她不明白的是，秦潮礼怎么会让向沉誉来带她。

"有问题？"

辛栀狐疑道："他怎么没安排邹二带我去？"

"你更愿意和他一起去？"向沉誉轻轻抬眉。

辛栀果断摇摇头："没有，只是，苏心溢应该不会愿意看到你带我去吧？"她刻意加重了"你"这个字，口气似吃醋，实则不动声色地打量着向沉誉。

闻言，向沉誉嘴角微微一勾，漆黑的眼似笑非笑地盯住她："你想说什么？"

辛栀将空掉的豆浆杯以一个完美的弧度丢进床边的垃圾桶里，笑容清甜："嗯，给秦姐夫带绿帽的感觉怎么样？向三哥？"

向沉誉目光牢牢锁着她，蓦地笑了笑，说："还行。"

辛栀暗自咬牙，顿时没了继续交谈的欲望，跟着向沉誉的脚步前后脚出了房间。

凭她当年对向沉誉的了解，如果自己当真戳破了他，他不会是这样轻松的态度。当然，今非昔比，现在的他心思愈发难以捉摸。就算他跟苏心溢真的有什么，也委实跟自己没什么关系。

自己如果要依附向沉誉，自然无法到秦潮礼那里去举报他。

她现在与向沉誉之间的关系，无非是互有把柄互相利用罢了。

看着沿途的景致愈发荒芜，辛栀眉头越蹙越紧。

她现在和向沉誉坐在一辆军用吉普车上，估计是怕被人跟踪，他们是中途换的车，目前是向沉誉在亲自开车。估计，照这么开下去就该开到港口了。

春望市作为沿海城市，大型港口并不少见，是国际贸易交流的重要场所。但向沉誉目前所行驶的这条路显然不是开往某个大型港口的路。

向沉誉注意到辛栀的沉默不语，漫不经心地扫她一眼："只是去接几个从缅甸过来的客人，他们是秦老大的供货商之一，这次过来是熟悉下这边的市场情况，你不必紧张。"

"我这不叫紧张，明明是兴奋。"看向沉誉没什么反应，面色沉静，没有和她闲聊的打算，辛栀撇撇嘴，"算了，你不懂。"

车子在一个荒废的码头前停住，时间恰好是约定好的时间，可四周却一个人也没有，静悄悄的，只能听到风吹过枯草的声音。

向沉誉脸色一沉，冒出些不太好的预感。他朝辛栀道："会开枪吗？"

辛栀点头，接过他递过来的一把漆黑小巧的枪，仔细端详"你忘了吗？在警校的时候有射击课程，而我们次次占据着一二名。"

向沉誉动作一顿，倏地瞥向她。

辛栀面容很平静，并没有显露出过多的情绪，好像刚才的话只是随口一提。

　　静了半晌，向沉誉打开车门下去，给枪上了膛，沉沉注视着她："你在这里等我。"他一停，嗓音淡淡的，"保护好自己。"

　　辛栀怔了半秒，笑道："放心吧，我当然惜命得紧，如果你要是死了，我会替你收尸的。"

　　话虽是玩笑话，看着向沉誉的背影渐渐消失在视线里，辛栀的心还是不由自主地提了起来。她捏紧手中的枪，紧紧挨着车门，警惕地观察周遭。

　　但没一会儿，向沉誉就回来了，他脸色阴沉得厉害。

　　"怎么回事？"

　　"被截和了而已。"向沉誉说。

　　"截和？"辛栀不解。

　　向沉誉一路将车开得飞快，很快就停在了天堂夜总会门口。车还未停稳，就看到邹二哥在门口跟几个陌生面孔的男人作别，其中还有一个看起来年纪并不大的女人，邹二哥对她的态度尤其热情。

　　想必他们一行人已经简短地和秦潮礼见过面了。

　　辛栀的视线不由得在那个女人身上停滞了几秒，贩毒组织出现女人委实比较少见。她外表明艳，笑容也张扬，不像毒贩，倒像一个女大学生。

　　不知想到什么，辛栀心乱了半秒，她默默移开眼不再继续看。

　　待那几人上车离开，去酒店休息后，邹二哥这才注意到不远处向沉誉的出现。他满脸堆起的笑容收了收，但丝毫不见歉意，而是面带嘚瑟地说:"小向你动作未免太慢了吧?让贵客久等了可不好。"他拍了拍向沉誉的肩膀,"二哥替你去接了贵客,你还不多谢二哥?"

不等向沉誉说话,邹二哥就大笑着招呼着几个小弟大摇大摆地进去了。

这次从金三角那边过来的人,是秦潮礼还没回国时就认识的合作方之一。那伙人手里实打实地掌握有大片罂粟种植地,提纯技术先进。有资源在手,这也意味着,在整个金三角,他们都握有不少人脉市场和运输渠道。纵使如此,他们依然愿意选择和刚刚回国的秦潮礼方合作,冒这么大风险,应该不只是信任这么简单。

"他怎么会知道客人过来的时间和地点?"辛栀委实不明白,"秦姐夫既然安排了你去接客人,应该没有理由再安排邹二哥才对。"

向沉誉看着邹二哥意气风发的背影,沉声道:"过来的客人是一对姓田的兄妹,是缅甸两大毒枭之一绰号叫'老鬼'的人最宠爱的儿女。他们两年前在泰国惹了点麻烦,是当时在泰国进行交易的邹二哥出面帮他们解决的。往大了说,老鬼欠了秦老大人情;往小了说,他们兄妹俩对邹二哥心怀感激。"

"所以他们要过来这回事,不止秦姐夫知道,邹二哥也知道?"辛栀思索道。

"或许吧。"向沉誉的回答模棱两可。

如果两年前那对兄妹俩真对邹二哥心怀感激,那么邹二哥很有可能提前知道了消息。照这么说,秦潮礼不选择邹二哥而选择向沉誉去接待客人的理由便又多了一层——邹二哥擅自与老鬼那边的人有私交，对于一方头目而言，是极其危险的事情。

看来，邹二哥此番费尽心机抢功劳，十有八九得不偿失。

想到这里，辛栀松了口气，莫名其妙被截和而冒出的一点愤怒也很快变成了幸灾乐祸。

向沉誉敛眉，表情看不出生气也看不出紧张，他大概早就想通了这一点。他率先一步走进夜总会大门，淡声朝辛栀道："走吧。"

辛栀点头不再多说，跟随着向沉誉的脚步走了进去。

晚上的晚宴辛栀没有资格参加，卧底行动不是一蹴而就的事情，她很明白自己不可能很快接触到核心，所以她也无所谓。但出乎意料的是，向沉誉也借故没有参加。

辛栀并没有疑惑多久，她很快就知道了缘由。

辛栀独自吃完小高送上楼的晚餐后，打算出去走走消消食，刚一来到大厅舞池，目光在人群中随意转了转，就不小心撞见某个角落里尴尬的一幕——是向沉誉和之前邹二哥在夜总会门口送走的客人中的那个女人。

不怪辛栀眼睛尖，怪只怪向沉誉其人委实很引人注目，不管身在何处都非常显眼。

辛栀走近几步，断断续续的声音传入她的耳朵里。

那女人无视跟在身后的保镖，正巴巴贴着向沉誉说个不停："向三哥，你为什么不来吃晚饭？我等了你好久，还是秦叔叔告诉我你身体不舒服……你是不是故意在躲我？"

向沉誉不着痕迹地躲开那女人，依旧面无表情地独自喝着酒"没有。"

那女人又不依不饶地贴上来，白皙纤细的手臂缠上向沉誉的手臂。

"那，我这次偷偷跟哥哥过来，还特意让哥哥不要透露消息，你有没有觉得很惊喜？"

"田霏。"向沉誉下颌紧绷，脸色极冷，"放开。"

名叫田霏的女人不满地撇嘴咬牙，可还是不甘心地松了手。她因着这嘈杂的环境，下意识抬高语调："向三哥，你以前明明不是这样的！"

"那我是什么样？"向沉誉轻轻冷嗤一声。

田霏一副委屈的样子："亏我抛下哥哥，特意从酒店来这里找你。"

"你可以走。"向沉誉口吻平淡得很。

田霏是老鬼年近五十才有的女儿，老鬼对她向来是有求必应，捧在手里怕摔了，含在嘴里怕化了。

田霏一而再再而三地被这个男人无视，好胜心一下子起来，赌气道："怎么，一回国就打算不理我了吗？我家在整个金三角乃至欧美地区，生意都做得好好的，这次交易要不是我在爸爸面前说了好话，他怎么会愿意冒风险和秦叔叔合作……"

"田霏，别耍性子了。"向沉誉蹙眉打断她的话头。这里明显不是说这种话的地方，并且，如果不是有利可图，老鬼怎么可能因为三言两语就同意合作。

"快回去吧。"他说。

田霏只觉得又窘又怒,自己一番心意付诸东流了。

她又在原地待了片刻,才不情愿地说:"那我先回去了,明天再来找你。"

向沉誉没再回话,垂眼不紧不慢地继续喝酒。

黏人的田霏好不容易离开后,向沉誉似有所察觉,一抬眼,正好看到坐在隔壁小圆桌旁的辛栀,她温声细语和酒保说了些什么,说完后一侧头,正好和向沉誉的眼睛对上。她不躲不让,别有意味地冲他弯了弯嘴角。

对视了几秒,辛栀端着酒保刚刚送上来的一杯红酒慢吞吞坐到向沉誉身旁,眼睛扫一眼从门口离去的田霏的背影,打趣道:"向三哥女人缘真好,这不会是以前你在克钦邦的旧情人吧?看来,人家还对你念念不忘呢。"

"那你呢?"向沉誉突然开口,手指有一下没一下在透明的酒杯上敲。

辛栀一静,倏地笑开:"我什么?"

向沉誉握紧酒杯,一饮而尽。

"她不是什么旧情人,我没有情人。"他无比坦诚地陈述道。舞池色彩斑斓的追光肆无忌惮地打在他白色的衬衣上,却怎么也射入不了他漆黑如墨的眼底。

"哦……"辛栀不以为然地点点头,轻轻抿了口酒,"是吗?"

向沉誉也不管辛栀是否相信，也懒得解释，径直夺过辛栀手中的酒杯，启唇道："伤还没好，少喝酒。"

"多谢向三哥关心。"辛栀笑笑。

没有情人，那向沉誉，你该怎么解释跟苏心溢的关系呢？姐弟？嫂子？还是别的什么人？她想问，却又立即咽了下去。她耸耸肩，一副无所谓的样子，强行压抑下自己愈发复杂的思绪。

静了好久，辛栀才再度开口："不过，她看起来倒是和你挺般配的。"她笑笑，"毒枭老大的女儿……如果你和她在一起，能接手她的家族也说不定……哦，我忘了，她还有个哥哥，不过看她受宠爱的程度，应该也能分到一大笔，那也不错。"

向沉誉注视着立在一旁的酒保给他满上酒，待酒保离开，才语气淡淡道："她性子骄纵，我不喜欢。"

辛栀一顿，古怪地看他一眼，突然有些气恼，总觉得他在拐弯抹角说自己骄纵。在她看来，田霏跟之前的自己相比，完全是小巫见大巫了。

她翻了个白眼，不再看向沉誉，状似惋惜道："那真是可惜了啊。"

向沉誉不置可否，端起酒杯迟迟没有喝，而是不动声色地定定注视着近在咫尺、强行压抑着自己不爽情绪的辛栀，轻轻勾了勾嘴角。

那头，田霏刚气冲冲走出夜总会，一吹到外头的冷风，她突然清醒了过来，开始后悔自己太冲动了。

向沉誉历来不喜欢爱耍小性子的女人。

她是去年跟着父亲老鬼去克钦邦的另一个神秘毒枭会谈时，认识的向沉誉。

向沉誉是那位神秘毒枭最得力手下秦潮礼的左膀右臂，那次去克钦邦时，便安排了向沉誉来接待她，带她到处去游玩。向沉誉短短几年就站到这个位置上，让见过了腥风血雨的她好奇又佩服。亲眼见到他后，田霏彻底被他的俊朗外表和不近女色的行为所折服。

虽然父亲和哥哥明显更欣赏邹二哥那种豪爽义气的男人，换句话说，是更欣赏城府没有那么深，虽然脾气暴躁却更容易掌控的，喜怒形于色的人。

而向沉誉在第一次见到她时，态度却很奇怪。虽然复杂的神色转瞬即逝，却也让骄傲的田霏认定了他是对自己有好感的。

她性子骄恣放纵自然不肯软言软语放下身段去讨好向沉誉，在那几天里，时常故意耍脾气刁难他，没成想，历来在男人面前战无不胜的她，却失策了。向沉誉明显越来越疏远她，虽然表面上还是客客气气的，也带她参观了附近景点，但却隐隐排斥她的接近。

在接下来的一年里，她每每找借口去接近向沉誉，都放软了姿态。

想到这里，她扭头又折返了回去，不管怎样，自己对向沉誉撒撒娇，他肯定不会不搭理自己的。

她很快看到了向沉誉，心一喜，刚打算出声喊他，却又生生顿住，话语打了个转哽在喉咙里。

　　向沉誉的身边坐了一个陌生的女人，不知道他们在聊什么，趁那女人低头的瞬间，向沉誉的嘴角边浮起一丝似有若无的温柔笑意。

　　她绝对没看错，那是她认识向沉誉以来，从未见他流露过的温柔神情。

　　身旁的保镖跟了田霏好多年，肆无忌惮说话惯了，语气有些惊讶地开口："小姐，向先生旁边的那女的长得……长得好像跟你有点像……"

　　田霏气血涌上头，脸色变了变，怒斥道："你闭嘴！"

　　她隔着无数舞动的身影牢牢盯住角落里辛栀姣好的侧脸，过了良久才僵着脸不发一言地离开。

第十一章

"你最好是一直跟我在一起。"

现已是深夜,几辆黑色吉普车静悄悄行驶着。前行的道路并不平坦,乱石遍布,有些颠簸。

田峰叼着烟和邹二哥谈笑风生,一路的不平稳并未影响他们的心情。昨晚田峰和秦潮礼的交谈很愉快,初步达成了共识。而秦潮礼也并没有对邹二哥截和的行为多说什么,仅仅是不痛不痒地责骂了几句,使得邹二哥在向沉誉面前愈发张扬得意。

田霏的哥哥田峰是个三十多岁身材偏瘦的男人,五官柔和,看起来文质彬彬的,却长得和田霏不是很相像。

辛栀听向沉誉轻描淡写地聊起过,老鬼的女人很多,田霏和她的哥哥是同父异母,但他们俩是老鬼唯一承认的子女,田霏从小就是哥哥一手带大,关系亲密。

奇怪的是,田霏今晚并没有同行。

辛栀不由得暗自瞄了瞄坐在自己身侧的合着眼的向沉誉一眼。

此时此刻,邹二哥、向沉誉一行人陪同田峰去取货,老鬼那边最新研制出来的海洛因纯度极高,所以价格也极高,要是成功贩卖出去,将获得一大笔不菲的利润。

经过长达两个多小时的路程,车子在一间看起来颇为破败的农家小屋前停住,离他们抵达春望市的那个码头并不远。田峰轻车熟路地进了院子,几个随行的黑衣保镖也迅速下了车四下散开来,持枪围住这间小屋。

邹二哥坐在车里虎视眈眈地望着,也不多问。做他们这行的,必然会给自己留多条后路,另有人脉实属正常。

正如田峰他们一行人此次来春望市,并不是中规中矩地从接壤的云南入境,而是谨慎地绕了一大圈走的水路,想必这批货也是通过某种手段走私偷运而来。

田峰很快就出来了,他手中提着一个被塑料袋紧紧裹住的黑色手提箱,朝四周慎重地张望了一番,这才上车。

邹二哥朝窗外丢开烟蒂,急欲打开箱子查看,却被田峰按住手好脾气地说:"邹二哥这可是不信任我?"

邹二哥眼底快速地划过一丝不满:"阿峰你这是什么意思,

事先验货本就是老规矩。"

"老规矩？"田峰的脸色不太好看了，"父亲特意安排我们此番过来就是最大的诚意，如果邹二哥连这点信任都没有的话，那也没什么好说了。"

邹二哥脸红一阵白一阵，半晌没开口，气氛僵持住。

后座的向沉誉静静看着他们的冲突，这才慢条斯理地搭腔："二哥也是过于心急了，田先生不要介意。秦老大自然信任田老先生，有话我们回去了再说。"

田峰皱着眉看眼外面的天色，冷哼一声就当默认了。

邹二哥勉强挤出一丝笑，压抑住自己的脾气，不管如何他都不愿失去田峰这个盟友，只好说："咱们回去再看，回去再看。"

他们并未回夜总会，夜总会对秦潮礼等人而言是一个公开正当的隐蔽藏身之处，是可以放心让警察进行盘查的地方，所以这次去了一处带花园的私人宅子。

原来这是秦潮礼几年前购置的私人产业——他早有将重心转移到国内的计划。

几人沉默地穿过把守在门口的保镖和层层侍从，刚上了楼梯，便听到最里头的房间里传来轻柔舒缓的钢琴声。邹二哥和向沉誉多次出入早已经见怪不怪了，带着陷入沉思的辛栀和田峰一行人敲门进去。

秦潮礼坐在一把古朴的太师椅上，正在闭目养神。

通常在夜总会的时候，秦潮礼给辛栀的感觉是一个脸上时常带着笑的和蔼中年男人，而现在的他，独自坐在主位，才真正给辛栀一种不怒自威的毒贩老大的感觉，让她不由得一凛。

门开的瞬间，里面的钢琴声停住，苏心溢自钢琴后站起身："大家都来了——"视线从来人中一一掠过，最终落在辛栀身上，朝她招招手，"稚伊跟我去泡茶。"

到谈正事的时候了，她是为了避嫌这才打算叫开辛栀。

辛栀乖巧地点头，她刚打算跟随苏心溢出去，就被秦潮礼喊住。他语速缓慢却不容置疑："你也留下来，说不定能帮上忙。"

苏心溢一怔，神色有些莫名，她安抚似的拍了拍辛栀的手臂，独自出去了。

田峰将一直提在手里不许他人接手的黑色手提箱慎重地递到秦潮礼跟前："秦老大，这是父亲亲自为您挑选的一批货，包您满意。"

箱子打开来，是一排排排列整齐的白色粉末状物体，从外观来看，普通得很。

秦潮礼并没有立即鉴别纯度，他目光一凝，缓缓笑了笑，从里头随意挑出一包，稳稳丢入不远处的辛栀怀里。

"明天带去给试验品尝尝鲜。"他淡淡吩咐。

田峰也未出言阻止，唇畔含笑，一副司空见惯的样子。

辛栀一愣，不由得在心底暗骂一声。这是一条不容回头的不归路，他这是摆明了让所有人知道她与毒品脱不了干系了。秦潮礼口中的试验品不用问就能知道，就是手底下那一群为了吸毒心甘情愿卖命的小喽啰，譬如死掉的宁跃。

再说，她知晓他们贩毒是一回事，亲手将毒品分发下去又是另一回事。

她口中丝毫不敢含糊，迅速应道："是，姐夫。"

秦潮礼微笑："出去吧。"

田峰听到"姐夫"这个称呼后，饶有兴致地看了辛栀一眼，他本没有注意这个女人，现在仔细一打量……

他又不动声色地扫了站在她身旁的向沉誉一眼，这才问："姐夫？秦老大什么时候多了个小姨子？"

秦潮礼示意他们几个不要拘束，坐下来说话，这才轻飘飘地解释："是心溢的远房妹妹，千辛万苦从老家来投奔心溢和我。"

一听到苏心溢的名字，田峰便乖觉得不再问了，他自然明白苏心溢在秦潮礼心中的分量，那个女人心甘情愿跟在他身边十多年，不是一朝一夕就能挑拨质疑得了的。

他回想起自己妹妹田霏说的话语，了然地颔首："原来如此。"

他微微眯起眼，若有所思地看着辛栀走了出去后，又将目光静静地落在坐在旁边椅子上一脸漫不经心的向沉誉身上。

辛栀甫一出门，就和端着杯盘打算进去送茶的苏心溢打了个照面，她朝辛栀微微一笑，用眼神示意辛栀进走廊尽头的另一个房间等她。

那是一间卧房，很显然，并不是苏心溢和秦潮礼的主卧。

没等一会儿,苏心溢便进来了。

相比上次在辛栀房里找她时的焦虑,这次苏心溢明显从容淡定多了,她先是赞赏了辛栀抓获凶手取得秦潮礼初步信任,再是仔细将自己所知的关于"老鬼"的讯息一一告知了辛栀。

"别看那个田峰文质彬彬的,实际上最是精明,不然也不会让花心惯了、私生子无数的老鬼承认他的存在。老鬼老了,做事情谨慎了不少,打算在金三角死守着旧业。但田峰不同,他野心更大,所以才愿意和潮礼这边接洽,打算攻克国内市场。"

苏心溢叮嘱道:"老鬼在整个金三角的生意迟早会通通落在他手里。你要小心着他。"

辛栀点点头应声:"知道了,多谢。"

一顿,苏心溢又嘱咐道:"老鬼那边人的出现实属意外,他们势力太大,不是我们,也不是春望市的警察能应付得了的,你不要忘了我们的目标只是秦潮礼而已。"

辛栀微讶,只觉得自己越发不了解苏心溢了,她真这么想置秦潮礼于死地?而秦潮礼,又是否知道自己的枕边人时时刻刻想要自己死呢?

"说起来,我很好奇,你最初是怎么和警方联系的?警方又为什么会信任你?据我所知,你的身份是多重保密的,在我见到你之前,没有人知道你就是代号'无息'的线人。"辛栀定定注视着她。

局长不是冲动之人,他肯安插自己进去,要么是做好了万全的准备,要么是事态紧急。

苏心溢蓦地一笑，像是看穿了辛栀的想法："你不用紧张，放心吧，我和你是一头的。"

辛栀没回话。

苏心溢抬了抬眉，这才解释道："不是什么高明招数，只是为了安全起见，用匿名的方式将邹二哥的行径举报了而已。在这种蛇鼠一窝的地方，人人都想自保，我不能冒风险，如果让那群警察知道我的真实身份，就意味着我离暴露不远了。"

"当然，你和那群警察是不同的，我自然信任你。"苏心溢笑容愈发亲切。

辛栀当然懂苏心溢的意思，如果苏心溢暴露，苏心溢一定会在第一时间将她咬出来。既然选择当卧底，就跟线人是一条绳上的蚱蜢了，必须互相依托互相信任。

辛栀也望着她笑："那就合作愉快咯。"

苏心溢表情平静下来，她在床头点上香薰，轻声说："还有，你不要和向沉誉走得太近了。"

辛栀静默地看着她的动作，良久才开口："怎么说？"

苏心溢脸上复又扬起笑意："他是秦潮礼的人，与他接触多了，并没有益处。千万别被他的外貌所迷惑。"她深深呼吸一口香薰的味道，闭眼轻声道："他的能力绝不仅仅是你看到的这样，他或许比秦潮礼更难对付。"

辛栀还欲再问，门外突兀地传来敲门声，苏心溢和辛栀对视一眼，镇定地起身走过去开门。

"苏姐，我们该回去了。"

是向沉誉站在门口。

他背着走廊灯光，长身玉立，看不清表情，也不知道来了多久了。

苏心溢脸色僵了一瞬，似乎很不喜欢听到他称呼自己为"苏姐"。隔了半晌她才弯起嘴角，温声细语道："也好，深更半夜的，稚伊一个人回去我也不放心，那你就替我送稚伊回去吧。"字里行间将送辛枙回去说成了自己的意思。

向沉誉朝苏心溢轻轻笑了笑："是。"

走下楼，邹二哥和田峰正在楼外花园里的小凉亭里低声聊天，听到有人出现的动静，他倏地起身，目光宛如利剑，直直朝向沉誉射过来，带着再也掩饰不住的怨毒与愤恨。

向沉誉没看他，径直经过花园，嘴角似有若无地弯了弯。

这副表情惹得邹二哥大怒，他猛地站起身，几步过来揪住向沉誉的领口，压着嗓子道："你最好能圆满完成这次交易，要是出现了一丝纰漏，老子不会让你好过！"

田峰过来打圆场，作势要拉开邹二哥："好了好了，大家都是兄弟，低头不见抬头见的，互相帮衬着就好，有什么好吵的。"

向沉誉神色不动。

"多谢邹二哥关心。"他笑容很淡地补充，"恐怕邹二哥要多加注意言行了。"

"你有话直说！"

向沉誉轻飘飘地扫了同样面带笑容的田峰一眼，声音压低道："你说秦老大为什么此次不安排你参与交易？"

语毕，他轻松挣脱了邹二哥的掣肘，后退几步理了理领口。然后拉着一旁看戏的辛栀走了出去。

"你又得罪他了？"辛栀有些幸灾乐祸。

向沉誉扫她一眼，淡声道："这次交易，秦老大全权交由我负责。"

"哦？因为没交给他，所以邹二哥恼羞成怒了？"

辛栀托腮想了想："秦姐夫交给你，这不是件好事嘛，说明你更得他信任啊。"

向沉誉一顿，视线自她脸上一划："这是在春望市的第一单交易，不能出现一丝一毫的意外。"

贩毒本就是高风险，离开了毒品泛滥的金三角，要想在国内立足困难重重，棋差一招，就会死无葬身之地。

辛栀微愣，却听到他接着说："如果是你，是更信任自己，还是信任一个本就不和的兄弟？"

宅子的铁门缓缓打开，他驱车缓缓出去，驶向黑暗之中，离灯火通明的大宅越来越远。

刚才所有人离开房间后，秦潮礼对他说的话还犹在耳边："小向，你知道我为什么重用邹二吗？他虽然行事冲动暴戾了些，却好掌控。"他看向向沉誉的目光极具穿透力，"但这次不同，你比他心细谨慎，在春望市的首次交易，交给你我也可以放心不少。要是我们此番在春望市稳定下来……我自然可以替你在……面前邀功……千万不要再让我失望了。"

……

向沉誉神情平静，熟练地调转着方向盘，这才侧头深深看了辛栀一眼，低低的嗓音像极了威胁："所以，为了安全起见，你最好不要轻举妄动。"

辛栀一怔，几乎要怀疑他知晓自己的真实身份了。她别开眼无所谓地耸耸肩，笑道："我能轻举妄动什么？我不是一直跟你在一起的吗？"

向沉誉缓缓弯了弯唇，目光幽深。

"你最好是一直跟我在一起。"他一默，低声补充，"少和她接触。"

"你说谁？"辛栀极快速地反问。

"你知道我说谁。"向沉誉语速有些缓慢，字字句句都无比慎重，"她不是什么好人。"

辛栀一顿，嘴角扬了扬，觉得这句话委实有些好笑。

她带着轻微的挑衅问："你的意思是，她不是什么好人，你才是好人？"

向沉誉蓦地低笑，半晌，他才侧头凝视着她的眼睛淡淡开口："我和你是一样的人，你说呢。"

辛栀不说话了。

他们是一样的人？都是为贩毒卖命的人吗？还是说，都是卧底？

呵，她讽刺地摇摇头，丢开这些不切实际的想法。

与其猜测向沉誉是卧底，还不如猜测他对自己尚有旧情。

但她也无比明白，两种可能性都微乎其微。

苏心溢叮嘱自己不要和向沉誉走得太近，而向沉誉也说让自己不要和苏心溢接触。

可他们之间的关系又委实不简单。

虽然还不知晓原因，但这个晚上，倒也不算浪费。

次日，辛栀在小高的陪同下，将那一小袋白粉分发给了夜总会的众人。

她深知这种行为是不对的，但要从源头杜绝毒品，就不能在这些小事上露出马脚。而向沉誉接下来的交易，就是一次一举抓获交易双方的契机。

那群维护日常安保的瘾君子见到派发的人是辛栀，表情由惊愕再到尊敬。现在的辛栀在他们眼中，不再是平起平坐的打工仔，而是他们精神食粮的给予者，和向三哥、邹二哥一样的存在了。

辛栀离开后，那几个人聊着天来到夜总会后门一处临时堆放垃圾的围墙下，迫不及待地开始拆包装袋。现在是下午，会所里没有客人，根本不会有人来这里注意到他们。

"听说稚伊妹子是苏姐的亲戚吧？"其中一人嬉笑道。

"是又怎样?"

"你说,稚伊妹子,和我配不配?男未婚女未嫁的。"

"得了吧,哈哈哈!你算哪根葱,人家哪能看上你啊?连邹二哥、向三哥见了苏姐都恭恭敬敬的,你就别做梦了!"

"哈哈哈哈!"

说笑间,他们贪婪地将白粉置于金属勺上,点了打火机,飘飘然吸了起来。

在他们谁也没注意的角落,刚刚将一大袋垃圾丢进垃圾桶的宁棠惊恐地捂住嘴巴,害怕自己一个不小心就尖叫出声。

她手指发抖好不容易才将微型摄像机从随身包包里掏出来,颤颤巍巍对准那群神情恍惚飘飘欲仙的男人。

而他们自顾不暇,压根没有注意到宁棠的存在。

"小宁?小宁!让你打扫卫生你又跑哪儿去了?这才工作第一天就这么偷懒,邹二哥要是知道了,肯定炒你鱿鱼!"远远的,主管的声音传来。

宁棠一抖,匆匆将摄像机收好,深吸口气,侧身进了里间。

"来了!来了!"宁棠答道。

她闭了闭眼,缓了缓呼吸,拾起放在一旁的清洁工具,朝发声处跑去,几乎要抑制不住剧烈加速的心跳。她没料到自己运气这么好,那个叫邹二哥的人只看了自己一眼就同意让自己进来打临时工,而自己也恰好撞见聚众吸毒,那几个人,恰好就是与弟弟宁跃时常接触的熟面孔。就算刚才拍摄的内容里没有更多实质性的东西，但也足以让大众关注到这家夜总会，让郑闻贤展开调查了。

可能是跑得太急，宁棠一个不慎和刚刚从某个包厢里走出来的男人撞到一起，她急得很，头也不抬，径直道歉："对不起对不起！"刚打算走，手臂却被那男人抓住。

宁棠不安地抬头，隔着布料捏紧了口袋里的微型摄像机，生怕它掉出来。

看清那男人的那一刻，她的脸一下子白了。

抓住她手臂的邹二哥饶有兴致地盯着宁棠看了几秒，眼一眯嘴一咧："小姑娘，刚才面试的时候忘了问，你是宁跃的姐姐，是吧？"

宁棠瞬间浑身僵硬。

第十二章

如果你死了,那我这么千辛万苦地对付你还有什么意思?

向沉誉行动很利落,很快就和买家联系好了交易的时间和地点。

不同于之前在春望市贩毒的小团伙,只能零零散散地进行贩卖,这次的交易秦潮礼非常重视,打算一次性出掉手里头的一大半货。

这也意味着,买家的身份非富即贵。

春望市治安很好,相比混乱的金三角地区,携带大量枪支进行武装运货非常不现实。向沉誉不知从哪里弄来几辆堆满货物的货车,货车上甚至还印着某某快递公司的大字,估计就打算用这些货车来当幌子。

随着交易日期渐渐逼近，辛栀也愈发紧张。可向沉誉却和往常没什么两样，照样是早出晚归，不知道在忙些什么。

等向沉誉来找辛栀时，已经是三天后了。

可他说出口的话却和辛栀想象中的完全不同，且是用的通知的口吻。

"这次行动你不必参加。"

饶是再能控制住情绪，辛栀也忍不住站起身："给我理由。"

向沉誉目光沉沉，没什么表情，似乎要看透她："秦老大愿意选择信任你，让你参与进来，是他的事。但我不容许这次交易出现一丝一毫的意外。"

"你的意思是你不信任我？"辛栀迅速抓住重点，质问道。

向沉誉笑笑，不置可否。

辛栀讥讽地轻笑一声："你什么时候这么胆小了向三哥？你在怕什么？你就这么不相信自己的能力？要是出了什么意外，不仅是你，我也躲不到哪里去吧？"

"我比任何人都惜命。"她一字一顿地说。

向沉誉眉峰一蹙，眼底有莫名的情绪一闪而过："真要惜命就不该来这里。"

这句话他说得又低又快，辛栀并没有听清楚，只当他仍在阻止她。

她心里很急却又不能过多地表现出来，只好随意地摊摊手，无奈道："实在不信我就算了，我正好乐得清闲。"

向沉誉一怔，细细端详她的神色，隔了半晌才似笑非笑道：

"那好。"

辛栀一愣，没想到这么快就能说通，心情放松了些许。却听到他继续说："你全程跟我一趟车。"他微微屈身离坐在床边的辛栀不过几寸远，彼此的眼睛里都装满了对方。

"今晚，用行动证明你值得我信任。"向沉誉低声道。

晚上，几个不熟悉的生面孔依次上了排列整齐的几辆货车，他们都穿着统一的货运公司的制服，看起来正式无比。说是交易，其实看起来和普通送货没什么差别。

等他们驶了出去，向沉誉才不急不缓地和辛栀上了最后一辆货车。

辛栀开口状似无意地问："货在我们车上？"

向沉誉扭动货车钥匙，老旧的货车发出一阵刺耳的声音，让他不禁皱了皱眉。

他漫不经心地答："不知道。"

辛栀挑挑眉，似好奇似懊恼："你不知道？"

向沉誉瞥她一眼，勾了勾嘴角："我什么时候说过我会亲自送货？"他注视着辛栀的表情，"失望？"

辛栀摇头，一副轻松的样子："我失望什么？货不在我们身上正好，省得我担惊受怕，嗯，就当晚上兜风咯。"

向沉誉静静收回目光，将货车驶出了院子。

在音乐声的陪伴下，这个夜晚显得没那么难熬。

辛栀将一个耳塞递到向沉誉耳边，好心好意地问："要不要听听看？"

向沉誉没理她。

辛栀"嘁"一声，又重新将耳机塞回自己耳朵里："无聊，爱听不听。"

对讲机里断断续续地传来嘈杂的声音："三哥，我是A车，前方一百米加油站位置有警察在进行例行盘查，绕还是直接过去？"

"放心过去。"向沉誉沉声说。

辛栀睨他一眼，将视线转向了窗外，她根本不信向沉誉会将货放置在别的货车车厢里。她不着痕迹地摸了摸贴身携带的追踪器，确认它完好无损，这才放下心来。

货车围着整个春望市绕了大半个圈，这才缓缓朝着一条僻静的山间小路驶去。途中也遇到了警察盘查，但相安无事。

辛栀的音乐列表也差不多听到尽头了，她拔了耳机安静地注视着前方。前方不远的地方停了一辆和现在这辆一模一样的货车，两个男人正蹲在车前有一搭没一搭地抽着烟聊天，他们身上的货运公司的制服在夜色中无比显眼。

"到了。"

向沉誉很快将车停在了那辆货车旁。

两个男人中，一个走过来熟稔地打招呼："三哥来了！"他注意到一旁的辛栀，一皱眉，"这个女人是谁？"

他对辛栀的称呼不客气得很，惹得向沉誉眉峰微微一挑。

向沉誉示意辛栀从另一侧下车，这才轻描淡写地说："新人。"

那男人狐疑地打量了辛栀几眼，丢开手里头的烟蒂，懒得再废话，招手喊上另一个男人，干脆利落地上了向沉誉开来的这辆车。

他们很快消失在山间小路上。

向沉誉若有所思地看着那辆货车渐渐远去，辛栀则打了个哈欠："完事了吧？我都困死了。"

向沉誉点头："上车吧。"

还未来得及动作，刚刚从车上带下来的对讲机里再次传来嘈杂的声音："三哥，这里是C车，我们的一车货被警察扣住了！"

向沉誉视线从辛栀脸上掠过，这才平静地按了通话键："怎么回事？"

"今天真是撞邪了，每个收费站和加油站都有警察，说是什么市中心发生了杀人案，监控显示，凶手逃进一辆货车里，为了尽快抓捕归案，所以要对所有货车一一排查。"

"我知道，说重点。"

他并不担心货车里的货物。

"那群警察古古怪怪的，克扣了货物不说，还让我们两个脱下外套进行检查……三哥你说，一件破工作服有什么好检查的……"

向沉誉脸色一变，锐利的眼如利剑一般直直望向辛栀。

辛栀则一副无辜的样子，又打了个哈欠："你看我干什么？

我今晚不是一直乖乖在你身边吗？"她语气有些委屈却眉眼弯弯，"怎么，你自己失误了，不是想赖我头上吧？"

她早就明白，向沉誉不可能信任她，本就是互相试探罢了。

你忘了吗，向沉誉，当年在警校的时候，我们曾讨论过类似的话题。

你一向狡猾，深谙最危险的地方就是最安全的地方这个道理，与其做那么多掩饰的手脚，还不如将这些手脚通通变为幌子，掩饰真实目的。

而真实的目的恰好相反，是完全没有隐藏，坦露在所有人视线里的。

深夜货车运货并不奇怪，在整个春望市到处转也不奇怪，但如果所有的事情都不奇怪，那才是最奇怪的。

他们所有人在各自不同的指定地方完成所谓的"交易"后，会拖着满车的快递通通将货车开到一个地方——快递公司的总部，而那里，应该就是真正的交易之地。

而真正交易的货物应该就缝在统一的工作服里吧。

与其说她非要跟着向沉誉来交易，不如说是为了转移注意力，打消他的怀疑罢了。

种种推测都是她根据对向沉誉的了解而分析出来的，为了避免分析有误，她还随身携带了追踪器，作为双重保险。而以向沉誉对她的了解，必然知道她在伪装，那就干脆伪装得更彻底一点好了。

就算向沉誉到最后关头怀疑她，也找不到证据。

向沉誉盯了她良久，蓦地笑了："很好。"
辛栀笑眯眯的，故意挑衅说："就是一车普通的货物而已啊，秦姐夫应该不会太责怪你的。"

向沉誉正欲说什么，两人身后的草丛发出异样的声响，他长眉一皱，目光一凝，对危险的警觉让他动作无比迅速。在身后枪声响起的那一秒，他抱住辛栀一个旋身摔倒在地上，隐蔽在货车的后面。

"咳……"
沉闷的一声坠地声后，猝不及防被压住，辛栀险些喘不过气，好在向沉誉的手臂护住她的后背，挡了挡，让她不至于摔得太厉害。她果断推开向沉誉的身体从地上摸索到他跌落在地的枪，朝偷袭那人的方向开了几枪，但那人早已逃得无影无踪，货车保护了她，也挡住了她的视线。

辛栀咬牙，骂了一声，正欲追过去，却突然意识到了哪里不对，心底不安的感觉席卷而来，几乎要将她吞没。

她的脸一下子全白了，半跪着颤颤巍巍伸出手摸向一言不发的向沉誉的后背，湿腻的触感霎时间让她心无措地一沉，抬手，映入眼帘的是触目惊心的暗红色。

所有的喜悦和挑衅在这个瞬间消失殆尽。

"沉誉？"

辛栀追踪器的信号在某个人迹罕至的荒野闪了几下便消失了。

春望市公安局里，时刻注意着那边动静的郑闻贤脸色大变，低咒一声，喊上几个警察朝着那个地址火速赶了过去。

已是深夜，街上行人和车子并不多，他简单和同事解释了几句后就保持缄默，在呼啸而过的凉风中脸色愈发冷凝。

与此同时，辛栀凭借着一点点微薄得可怜的急救知识，好不容易才将向沉誉的血止住。她不敢擅自动向沉誉的身体，子弹尚在他体内，也不知道究竟埋得有多深。

刚才的对讲机已经被子弹打穿了，也是多亏了对讲机的存在，让子弹的势头缓了缓，这才不至于伤了向沉誉的性命。

而他……他刚刚明明就是为了救她才被击中。

辛栀的呼吸不由自主地开始变得急促，她想摸一摸向沉誉紧合的眼，探一探他的呼吸，却没有这个勇气。她甚至不知道该以何种身份来处理向沉誉，脑子里突然乱成一团。

明明刚才两人还在针锋相对，明明他是罪该万死的杀人犯和毒贩，明明枪就在自己手中，只要对准他的太阳穴射入一粒子弹，他就必死无疑。不，或许不用这么麻烦，自己不处理他的伤口，任他失血过多而死也是一种方法……

她不禁冒出一个颓废的念头：如果你死了，那我这么千辛万苦地对付你还有什么意思？

她逼迫自己丢开这个可笑的念头，微微扶起向沉誉的头，搁在自己大腿上，让他尽量躺得舒服一点，这才低声喃喃："四年前抛下我这桩事，我还没找你麻烦的。"

向沉誉理所当然地没回话。

辛栀手指抖得厉害，没有办法，她将脸颊在向沉誉的脸颊上贴了贴，感受着他的温度，这才继续说："我还没亲手将你……"

她的话才刚说到一半，向沉誉便低低咳嗽了一声，倏地睁开了眼。

辛栀也快速地反应过来，丢开那些突如其来的矫情与伤感，尴尬地支起身子，脸一下子烧红："咳，你……你还没死？"

向沉誉漆黑的眼一瞬不瞬地盯着辛栀，一贯低沉的嗓音："你还没亲手将我怎样？"

辛栀继续这个话题："亲手将你送入局子里。"

见向沉誉仍定定注视着她，她又安抚似的补充："放心吧，现在是没机会了，干了这行，我自己见了警察都得躲着走。"

向沉誉明显不想接这话，移开眼，艰难地捂住伤口，缓缓起身，刚一动伤口就开裂了，他脸色骤然惨白。

辛栀垂着眼扶住他，像是为了化解这微妙的尴尬，问："刚才开枪的是什么人？"

"不清楚。"向沉誉起身，目光扫过前方，"有人来了。"他眉头皱了皱，"不是我们的人。"

辛栀夜视能力并不怎么好，循声看过去，只能隐隐约约看到几点亮光在两百米开外的地方朝这边走来。虽然他们所在的位置没有亮光，但这里有一辆空货车，目标太大。

她一咬牙："你还能走吗？"

向沉誉点头，平静地收回目光——他已经清楚地看到了领头那人的模样。

"我们走吧。"

说话间，向沉誉的额发已经被汗水打湿，越发衬得他漆黑的眼犹如一潭望不见底的湖水。

辛栀恍了一秒的神才移开眼，搀扶着他尽量加快了脚步。

黑夜是天然的保护屏障，很快他们就远远躲开了那群突然出现的人。

向沉誉通过手机联系到手下，很快就有车子来将他们接了回去，还有专门的私人医生为向沉誉处理了伤口。这么折腾了一夜，天已经开始蒙蒙亮了。

在这个过程中，辛栀一直静默地陪在他旁边，等取出子弹，伤口处理完毕后，又扶着他上楼休息。

一贯不习惯依赖别人的向沉誉也没拒绝，在其余人惊讶古怪的眼神里，镇定自若地将辛栀当成人肉拐杖使用。

"为什么救我？"穿过阴暗昏沉的走廊，他的声音毫无起伏地响起。

"我只是尽职尽责而已，明明是和一个活蹦乱跳的大男人一起出去的，结果却和一个伤患一起回。"辛栀嘴角朝两边扯了扯，自嘲道，"我可不是那么无情无义，丢下伙伴就走的人。"

向沉誉一滞，低低咳嗽了几声。

"我救了你一命，你该怎么报答我？"辛栀没理他，开始谈条件。

向沉誉一默："我没有拆穿你的化名，你打算怎么报答我？我在老于家救了你，你怎么报答我？"

辛栀有些泄气："算了算了，算我救了只白眼狼。"

她自己都没注意到，自己对向沉誉说话的语气明显要比之前亲昵随意了些许。

向沉誉一顿，抬眼看着她姣好的侧脸，低低一笑。

"你笑什么？这批货都被警察缴获了，还是好好想想怎么和秦姐夫说吧！"辛栀没好气道。

"你开心就好。"他淡淡说。

辛栀没理解他的意思，只当他在讽刺自己，冷哼一声。

辛栀将他送到房内，简单地交代了几句便离开了。身边少了一个说话的声音，四周又陷入一片沉寂之中。

向沉誉突然回想起自己陷入短暂的昏迷前，隔着急促的呼吸声和紊乱的心跳声，听到的那个脱口而出的称呼——

"沉誉。"

久违又温暖。

他合了合眼，嘴角翘起微不可察的弧度。

回到房间后，辛栀累极了，经过这番事故，也没了顺利缴获毒品的喜悦。况且，喜悦只是一时的，向沉誉做事考虑的东西很多，几乎是滴水不漏。就算毒品被缴获，也查不到他们身上来，伤不到根本。

她也该想想借口解释自己的清白，为了缴获毒品将自己给暴露就不好了。

她从衣柜顶上将自己与郑闻贤通话的手机翻出来，刚打算问一问警方那边的情况，就看到了几十个未接来电。

辛栀一愣。

电话接通的那一瞬，郑闻贤焦急的声音便传出来："阿栀，你没事吧？没受伤吧？"

辛栀一愣："没事……怎么了？发生什么了？"

短暂地聊了几句，郑闻贤知道荒野地上那摊血液与辛栀无关后，长舒一口气，奔波寻找了整个后半夜的疲倦感席卷而来。

"没怎么，你没事就好。"他一顿，静静感受着电话那头平稳的呼吸声，这才放松心情一边揉着太阳穴一边说，"对了，这次行动中，所有的毒品都被查获，包括买家的真实身份也已掌握，辛苦了，阿栀。"

"没关系，是我应该做的。"辛栀笑笑。

郑闻贤打开车门，独自上了车，驱车往警局赶去。那边还有许多工作要处理，之前陪他出来的同事们早已经回去了，他们不清楚辛栀的卧底身份，自然没有理由耗费大量时间陪同他寻找。估计短时间内，他是无法合上眼休息了，不过好在终于确认了辛栀是安全的。

他想给同样担心的局长拨个电话过去报平安，视线无意中从手机屏幕上一掠，这才猛然想起自己因为寻找辛栀过于焦急，而漏接了一个电话。

一个半夜的时候，宁棠打来的电话。

辛栀狐疑地挂了电话，有些想不明白郑闻贤为何突然冒这么大的风险给自己打电话。

她此刻浑身黏糊糊的，便打算洗个澡睡觉，手指刚刚伸到口袋里，她才恍然大悟，将不知何时已经碎掉的追踪器拿了出来。

辛栀苦笑一声，将其仔细包裹好丢进垃圾桶里。

她又何尝不明白郑闻贤对自己的心意？只是她的一颗心早已被占满，无法回应他罢了。

第十三章

我们非要这样吗？互相伤害？互相疼痛？互相折磨？你开心吗？

离那晚的事件已经过去有一阵了，向沉誉借伤整日闭门不出，辛栀也需要保持低调，不想惹麻烦上身，便也选择深居简出。

她本以为这批货被警方查获会引来秦潮礼的雷霆怒火，谁知，他那边平静得很。向沉誉为此还受了伤这回事大伙有目共睹，自然无法过多指责什么，外客还在，面子还是要的。而邹二哥也没有来质问，好像是被秦潮礼临时安排去外地干别的事情了。

虽然辛栀根本想不明白，到底是哪边的人开的枪。按她所知，不可能是警方，那会是谁？难道是田峰那边的人？如果是他，他又为何要这么做？

辛栀偷偷向苏心溢打听秦潮礼的意思，苏心溢却说秦潮礼和往常一样，并没有任何异常，自己也摸不准他的心思。

好在，田峰田霏兄妹俩打算回缅甸了，他们所有人都要出席欢送会。

说起来，这几天田霏老往向沉誉的房间跑，想去献殷勤，却基本都吃了闭门羹，可她却毫不气馁，连辛栀都不由得佩服她，身为毒枭老鬼最宠爱的女儿，受那么多人追捧和爱护，能为一个男人做到这份上，也算感天动地了。

简单的晚餐结束后，田峰主动走过来和向沉誉搭话，他自然知道交易不顺利这回事，但既然自己与秦潮礼之间的交易已经完成，他们与买家之间是否顺利就不关自己的事了。

田峰打量着向沉誉的伤口，拍了拍他的肩膀似笑非笑道："辛苦了向三哥，钱以后也能赚，保住性命就好。"

一直守在向沉誉身旁的田霏娇嗔道："哥，向三哥受伤了，你动作轻点！"

向沉誉的嘴唇依然很苍白，那次的枪伤果然很严重。他对田峰故意的动作毫无反应，淡笑道："是我让秦老大失望了。"

没聊几句，秦潮礼便喊了向沉誉等人去谈话。当了一晚上人肉背景板，现在已经没辛栀什么事了，她刚打算让小高叫车回去，便被田霏给叫住了。

田霏低声跟身旁的田峰解释了几句，田峰便理解地先行离开了。离开前他还别有意味地看了辛栀一眼，礼貌地冲她笑了笑，这笑容让辛栀下意识感到一丝微妙的不安。

苏心溢之前的叮嘱尚在耳边,田峰是个危险的人。但她与田峰的接触并不多,按理他不会注意到几乎没什么存在感的自己才是。

更何况,明天晚上他们就要动身回缅甸,他们之间更不会有任何联系。

她很快不再继续想这个问题,颔首朝田霏露齿一笑。

夜风有些凉,田霏驾轻就熟地指使侍从给自己披上羊绒围巾,亲热地挽着辛栀的手臂和她在秦潮礼宅子的花园里散步。

年纪相仿的人总是会有聊不完的话题,很快她们就笑闹成一团。

田霏捂住嘴老半天才止住笑意,她长睫微颤,打趣道:"早知道沈小姐是这么个妙人,我该早点认识你的,都怪向三哥藏着掖着不肯告诉我。"

辛栀也笑,装作什么也听不懂的样子:"田小姐有空的话可以多来春望市玩。"

"离开缅甸哪那么容易?连我这次过来,都是好不容易争取来的机会。倒是沈小姐,可以来缅甸找我……"田霏轻笑一声,想到自己来此的缘由,她眸光暗了暗。

"那真是可惜了。"辛栀说。

田霏敷衍地点点头,忽然又惊呼一声,眼睛弯了弯:"如果我跟秦叔叔商量商量,让他把你给我,你说他会不会答应?"

辛栀有些不明白她为何一直在这个话题上绕弯子,"给"这个词也让她很不舒服。她皱了皱眉:"应该不会吧,姐姐不会愿意让我离开,我也暂时不想和姐姐分开。"

这话让田霏眉峰一挑："你说苏心溢？"

辛栀点头，田霏笑容愈盛，若有所思道："听说你是苏姐的远房表妹吧？"

向沉誉一行人自楼上下来，恰好就见到花园里相视而笑的两人，他表情没有一丝一毫的变化，视线淡漠地从田霏身上掠过，朝辛栀道："走吧。"

田霏自向沉誉出现起，脸色变了变，喊道："向三哥，我哥先回酒店了，你不打算送我一程吗？"

向沉誉看了她一眼，不知出于什么考虑，没有拒绝。

小高的技术很好，车一直行驶得很平稳，田霏倚在向沉誉身旁，一点也不在意前座辛栀的存在。

直到车子稳稳停在了酒店门口，田霏才开口，听不出情绪"向三哥，我回去以后很快就要结婚了，祝贺你，你终于摆脱我了。"

向沉誉语气淡淡："恭喜。"

田霏无所谓地笑笑，目光从车外等候自己的保镖落在前座的辛栀身上，一点也不在乎自己的表白会被旁人听到。

"我这次过来，原本是想逃婚来着，如果你也喜欢我，我愿意背弃父亲的要求，和你在一起。"她耸耸肩，"向三哥，你真让我失望。"

向沉誉不置可否，平静地垂眼看了看时间，对她的话一副心不在焉的态度。

田霏深吸一口气，飞快地扯住向沉誉的领口，在他微怔的神情里，在他脸颊亲了一口，然后故意瞄了辛栀一眼，眼神里的挑衅不言而喻："向三哥明天见！"

她一离开，气氛便陷入了诡异的沉默，小高自然不敢看向沉誉的脸色，把自己当成空气。可没安静几秒，辛栀却扑哧笑出声来，这声笑让向沉誉眉宇间一派冰冷。

她似在嘲笑向沉誉又似在自嘲。

田霏刚刚的行为是故意做给自己看的吧？虽然不清楚她是怎么将自己和向沉誉联系到一起的，但她其实是想挑拨自己与向沉誉之间的关系吧。

放在以前，自己的占有欲会让自己非常愤怒。

但现在，她错了，自己与向沉誉除了都是秦潮礼的手下外，并没有多余的关系，所以这种幼稚的行径并不会激怒自己，不，应该说，是没有任何理由激怒自己。

辛栀收了笑，面无表情地望向右侧的窗外。

到达天堂夜总会地下停车场后，小高识趣地提前离开了。辛栀莫名憋了一口气，懒得搭理向沉誉，自顾自走在前面，上了电梯，而向沉誉也很快进了电梯。

沉默了一阵，向沉誉低声开口道："你们刚才聊了些什么？"

"你说田霏吗？没什么，就随便聊聊。"辛栀语气有些冲。

向沉誉直直地注视着她"不管她说了什么，不要相信她的话。"

辛栀望着往上跳动的红字数字，笑道："向沉誉你可真可笑，让我不要信这个不要信那个,而偏偏巧得很的是,她们都是你的暧昧对象?怎么,你在怕什么?怕她们知道我们以前的事吗?"

电梯"叮"一声,到达了她所住的楼层,她跨步走出去,做出一副言笑晏晏的样子,"放心吧向三哥,我什么也不会说的。"

向沉誉眉头一蹙,伸手强硬地将她拉回电梯里,握住她未受伤的那只手,力度一寸寸收紧,语气紧绷低沉:"你非要激怒我?"

辛栀强忍着手腕的疼痛,睁大眼睛,无辜道:"我难道不是实话实说吗?"

向沉誉眉眼沉沉。

"当然是。"他蓦地冷笑,俯首毫不客气地咬住她的唇。

辛栀完全没料到他的动作,下意识想避开他的接触。没有被制住的手恶劣地压在他的伤口上,试图让他吃痛而松开她,暗红的血液瞬间渗透出来。向沉誉闷哼一声,更加用力地吻住她,将她逼到电梯的角落,让她躲无可躲,根本不在乎也不阻止她恶意的动作。

辛栀的力道渐渐松弛下来,她有些该死的于心不忍。明明是最亲密的接触,她的心底却越发空洞,又酸又涩。

怎么,向沉誉?我们非要这样吗?互相伤害?互相疼痛?互相折磨?你开心吗?

直到淡淡的血腥味在唇齿间弥漫,分不清究竟是谁的,向沉誉才放开她的唇。

"看到别的女人亲我,你就这么开心?"他呼吸停留在她的耳畔,嗓音冰凉。

辛栀一窒，我不开心。

她露出习惯性的笑容："向三哥这话是什么意思？是在怪我吗？你好像没有理由说这种话吧？我没有开心，也没有不开心，平常心。"

"哦？"向沉誉手指在她手腕上摩挲，不急不缓道，"你不是喜欢我吗？稚伊？"

辛栀一副恍然大悟的样子，顺从地答道："哦，那我不开心，我很不开心。"

向沉誉好像很满意这个答案，不再无谓地纠缠，松开了她的手腕。与此同时，他眉头轻微地蹙了蹙，按住自己裂开的伤口。

电梯一直停在向沉誉所住的楼层，好在这个点没有人使用电梯。辛栀又一次按了自己所住楼层的按钮，她目光落在向沉誉沁出血的衬衣上，余光很明显地注意到，他脸色惨白得吓人，辛栀讥讽地扯了扯嘴角，但这又关自己什么事？

耳旁却听到他淡淡说："上次那批货被警察查获，其实在秦老大的意料之中，他是故意将田峰的货暴露出来。"

辛栀一愣，显然没料到他会突然说这个，倏地抬眼看他。

向沉誉盯着她微微一笑："我中枪也是秦老大找人有意为之，目的是为了让田峰那伙人相信那批货被警察查获的确是出于失误，而不是我们刻意安排的。田峰那边知道的说法是，我和警方交火，寡不敌众而意外中枪，死里逃生。"

辛栀僵了僵，也无暇去问他到底是哪里故意给警方露出了破绽，她只觉得全身发冷，自己当晚的一腔担心全喂狗了。

"你为什么告诉我这些？秦姐夫什么时候这么信任我了？"

向沉誉一顿，望向她的瞳孔漆黑深不见底："这件事邹二也不知情。"

"秦老大打算安排我和你明天动手。"他说。

"动手？"

"让田峰、田霏一行人永远无法回缅甸。"

看着辛栀的身影消失在视线里，向沉誉重新按了自己所在楼层的按钮。

他没有告诉辛栀的是，秦潮礼原打算一不做二不休，直接舍弃了辛栀的性命。凭辛栀和苏心溢的关系，苏心溢必然无比伤心，田峰也必然不会怀疑到秦潮礼头上来。

所以他最初并不愿让辛栀和自己一同去送货。

他垂眼静默地看了看胸膛上沁出血渍的衬衣，嘴角自嘲地弯了弯。在电梯门打开的瞬间，他抬眸，面色如常地跨步走了出去。

辛栀面无表情地回到了房间，她大脑飞速运转着。

事情的进展完全出乎她的意料。是她对自己过于自信，更是她低估了秦潮礼和向沉誉。他们的种种动作原来全是针对田峰一行人布下的局。

在这段时间里，她已经渐渐明白，在秦潮礼之上，这一组织真正的掌控者是老巢在克钦邦、与老鬼齐名的另一个毒枭。

难不成，是那位毒枭想要对付老鬼吗？所以打算从老鬼心爱的儿女身上动手？

她尚在沉思之中，掏出钥匙打开门进去，还未来得及开灯，就立刻察觉到黑暗之中，她的房间里赫然立着一人，她一惊。

惊叫声尚在喉咙里，她的脖子便已经被那人矫健的动作扼住，身体也被迫贴紧那人，无法动弹。

辛栀下意识抓住那人的手腕，可反抗的动作却硬生生顿住了，她不能在这种时候暴露自己的身手。

她强迫自己勉强露出一个微笑："田先生？"

那人赫然就是田峰。

他更加靠近了辛栀几分，在黑暗中宛如毒蛇一般盯住辛栀的嘴唇。她嘴唇有些红肿，还有被咬破的痕迹。

辛栀躲了躲，惹得他轻笑一声："沈小姐回来得真晚，和向三哥在电梯里聊这么久？"

他知道？辛栀全身神经都紧绷起来，但很快她就想通，就算他看到自己和向沉誉待在电梯里又如何，他听力再好，也断然不会听到他们之间的谈话。

她扯了扯嘴角，又紧张又委屈："我喜欢向三哥难道不是众所皆知的事情吗？男未婚女未嫁的，田先生这也要管？"

闻言，田峰温和地笑了笑，笃定凭自己的贵客身份，辛栀不敢开口呼喊。他松手放开了辛栀，打开了灯。

从黑暗突然到光明，辛栀不适地眨了眨眼，捂住脖子问道：

"这大晚上的,田先生有事?啊应该是走错房间了吧?向三哥、邹二哥都住在楼上,如果你要去找他们,我可以给你指路……"

田峰摇了摇头,笑道:"我是来找你的。"

"找我?"

看田峰又含笑不说话了,辛栀干笑:"找我干什么?"

"听说沈小姐是苏心溢苏姐的妹妹?"他慢条斯理地开口。

辛栀心一沉,没有立即作答。

这两兄妹到底怎么回事?一个接一个地问她这个问题。难道"苏心溢的妹妹"这一身份有问题不成?可她明明就查过,苏心溢的确有一个叫沈稚伊的远方表妹,虽然真正的沈稚伊和自己并不相像,但沈稚伊家境并不好,住在一个偏远的山村里,没有留下过多的影像资料。这也是她愿意冒风险冒充这个身份的缘由之一,她相信自己没有理由轻易败露。

当然,前提是知晓自己真实身份的向沉誉不戳穿。

辛栀撇撇嘴,敛住笑,做出一副不高兴的样子:"田先生要是有疑问可以直接去问姐姐,或者问秦姐夫。"

田峰一怔,笑着解释:"沈小姐别误会,我没有别的意思。"

他还欲再说,门外有脚步声靠近,很快停在了门口。门半掩着并没有关紧,门外那人顿了顿,礼貌地敲了敲门。

"沈小姐,该换药了。"

是小高。她手臂上的伤虽然已经好得差不多了,但还需要换最后一次药。

辛棋看了安静下来的田峰一眼，冲门外道："进来吧。"

门被推开，看到立在辛棋身旁的田峰的那一瞬间，小高脸色一僵，警惕又冷漠地喊了一声："田先生。"

田峰朝小高礼貌地颔首，浑然不介意他古怪的态度，又回过头冲辛棋道："时间不早了，我再不回酒店，小霏该着急了。"他顿了两秒，笑容微妙，"沈小姐，有机会的话，我们明天再继续聊。"

待田峰离开后，小高稍显担忧地看着辛棋："沈小姐，没事吧？"

辛棋摇摇头心不在焉道："没事。"

小高看着她脖子上一道不是很明显的青紫印记欲言又止，最终还是沉默地关上了门出去，同时，他暗暗下决心，要时刻不离地保护好辛棋。

第十四章

因为她没有胆量承认，自己依然爱着向沉誉。

次日，辛栀醒得很早，或许应该说，她辗转反侧了一整晚，根本没有睡着。昨晚在电梯里，向沉誉简短的几句话犹在耳旁。

"让田峰、田霏一行人永远无法回缅甸。"

她感觉头痛得厉害。

怎样让他们无法回缅甸？杀了他们一了百了？她脑子里千头万绪却怎么也抓不住重点。第一想法就是让警方介入，但又摸不准秦潮礼的意思，他是想私下解决，还是想把自己推脱得干干净净呢？

她在半夜的时候紧急和郑闻贤取得了联系，郑闻贤和局长商量过后，也无法给出准确指示，只说让她随机应变，贸然让警方介入会打草惊蛇。如果真的迫不得已,警方同意她为了卧底行动的顺利进行而开枪。

这本就是秦潮礼与田峰,或者说,是秦潮礼幕后的毒枭与老鬼之间的争斗。

她想去找向沉誉商量商量,谁知敲了他的门老半天才知道,他很早就出门了。

辛栀有些泄气,只好独自回了房。

夜晚很快就降临了,而向沉誉也终于回来,他简短地和辛栀叮嘱了几句,便将一把枪丢给了她,和她一同上了车。

辛栀一晃神,仿佛还是那日和他一起去接田峰一行人一样,但这次却又截然不同,他们是去要田峰一行人的命。

"昨晚田峰去你房间了?"明明是疑问句,他却用的陈述句的口吻。

"小高告诉你的吧?"自己的一举一动皆在这个男人的掌控之中,辛栀颇有些无奈,"不过也没什么,他没做什么。"

向沉誉的目光自她脖子上浅浅的痕迹上掠过,眉宇间闪过一丝戾气,但语气仍淡淡的:"是吗?"又静了半晌,"你来解决田霏,田峰交给邹二就行。"

辛栀怔怔地垂眼握紧手里的枪,并未立即回话。

向沉誉斜睨她一眼,像是看透了她的想法,淡声道:"怕的话你可以不去。"

"我当然要去。"辛栀嘴角扬了扬,闭目养神,"不完成这次任务,怎么泄我当时被欺骗被蒙在鼓里的恨?"

向沉誉一默,答道:"当时是为了谨慎起见。"

辛栀猛地睁开眼:"所以你心甘情愿中了一枪?就为了让田峰相信?要是开枪的人瞄错了位置怎么办?子弹可不长眼睛,你差点就……就算死了也无所谓是不是?"她冷哼一声,"你要是早告诉我,多个人还能多个主意。"

辛栀突然意识到自己语气过于忧虑,僵了僵,冷冰冰地补充道:"我也没求你帮我挡子弹,你非上赶着当好人?"

夜很黑,即便向沉誉没有帮自己挡那一下,子弹顶多只会穿透她的肩膀,不会死。而向沉誉就不同了,枪伤差一点就要了他的命。

向沉誉将车稳稳停在田峰田霏所在酒店的门口,等他们出现的空当,他侧头盯着辛栀的脸,直看得辛栀脸都僵了僵,他才倏地低笑一声:"别担心。"

"我没担心。"她几乎是立刻就反驳,她心跳得厉害。

对,她的确是担心向沉誉,她怕他真的死掉,但她更怕的是,向沉誉知道她对他的担心。他们心知肚明,所谓的亲密本就是一层虚假的伪装罢了,除此之外什么也没有,什么也不能有。

她不容许自己夹带任何真情实感。

因为她没有胆量承认,自己依然爱着向沉誉。

气氛寂静下来。

"算了,我不想跟你吵。"辛栀有些烦躁地抓了抓头发,将枪收好,别开脸不再和向沉誉说话。

向沉誉眉眼深深、唇线紧抿,丝毫看不出情绪来。

田峰和田霏的出现打破了这诡异的尴尬,他们上了向沉誉、辛栀所在的车,其余小弟则自行开车前往码头。

看到是向沉誉和辛栀来接他们,田峰并未有过多反应,只是若有所思地看了辛栀一眼。田霏倒是脸色微变,她懒得再伪装,对待辛栀也不似昨日那般热情了。除了和向沉誉搭话外,她不时低声和哥哥讨论几句,不时冷眼看着副驾驶的辛栀。她前前后后态度多变,简直让人摸不着头脑,不过辛栀本就不欲和她多交流。

反正,辛栀的心悠悠一沉……她已经逃不了一死了。

来接田峰、田霏等人的货船已经准时到达了码头边,低调起见,人并不多。他们打算自这里出发,到达澳门码头,再从那里转机。

邹二哥早早在那里等候,田峰刚一下车,邹二哥就大笑着迎过来给了他一个拥抱。

"阿峰你们也不多待几天?老子这几天忙得累死累活,还没来得及好好招待你,也不知道下次什么时候能见面了。"

田峰只是微笑,并不知道邹二哥这话其实是一语双关:"等你们回了克钦邦或者是缅甸的其他地方,自然有的是机会。"

"田霏妹子也是，邹二哥还没带你在市里好好转一转。"

田霏望了向沉誉一眼，咬住嘴唇，看起来有些不甘心，她又低声骂了句什么，才不爽地说："谁要你陪？"

田峰皱眉，止住了田霏的话头，抱歉地冲邹二哥笑笑。

田霏懒得再和他们絮絮叨叨，径直朝辛栀走过来，看起来有些傲："怎么，你没生向三哥的气吗？"

辛栀有些意外："我为什么要生他的气？"

田霏冷哼一声："我还以为你对向三哥多么情深意重。"

辛栀好笑，不明白田霏为何揪着自己不放，她嘴角敷衍地弯了弯："那你可真是想多了。"

她手伸进口袋里，默默攥紧了枪，瞄了不远处正在和别人说话的向沉誉一眼，暗自盘算着究竟何时动手。

田霏注意到辛栀的走神，讽刺地说："刚不是还说我想多了吗，那你现在在看谁？"

话音还未落，意外突起，杂乱的枪声自耳边响起，在码头边搬运行李的人连同货船上田峰的人在几秒之内，还未来得及做出反应就中枪身亡。

辛栀几乎是立刻就明白了为何要选择在这里动手，而不是提早动手。枪声太密集，而这个废弃的码头人烟罕至，不易被人发觉，并且地势开阔无法躲藏。

向沉誉身旁的几人不动声色地收了枪，静默地立在向沉誉身后。他周身气场冷峻，沉稳无比。

本在和田峰寒暄的邹二哥在枪声响起的那一瞬，收起笑，眼神阴鸷地将手枪抵在了田峰的太阳穴上。

田峰脸色变了，任他再聪明也没料到此番变故。

他沉声道："邹二哥？你是要造反不成？别忘了我与秦老大之间的合作关系！"

邹二哥冷笑："造反？造谁的反？造什么反？"

骤然遭遇此番变故，田霏脸一白，下意识想摸枪，后背却被冰冷的枪口抵住，耳旁是辛栀不急不缓的嗓音："别乱动。"

田霏脸红一阵白一阵，看了看已经被完全制住的哥哥，目光凝到向沉誉身上。

"向三哥？我千辛万苦来见你，就换来这个结果？"她已经带上了哭腔。

向沉誉并没注意她，面色冷峻地走远几步去打电话了，此举愈发惹得田霏心绪难平。

邹二哥将田峰交给手下人，朝田霏走过来，伸手戏谑地摸了摸她的脸："看吧，你向三哥就是个薄情寡义的人，当初倒不如喜欢你邹二哥。"

田霏怒目而视地躲开："呸，拿开你的脏手！"

邹二哥也没生气，哈哈大笑："性子够烈，二哥喜欢！可惜，活不过今晚了。"他突然又别有深意地看了辛栀一眼。

田霏愤懑无比，还在不管不顾地闹："向三哥，你不能这样忘恩负义！快放了我和我哥哥！有什么事我们可以再商量的！向三哥！你听见了没有？"

"向三哥？"像是急于找到一个突破口引起向沉誉的注意，她将话题转移到辛栀身上来，"向三哥，恐怕你不知道吧！你喜欢的这个女人，她……"所有的话在这个刹那再也没机会出口。

"话真多！"邹二哥不耐烦且毫不怜惜地抬枪射中了田霏的胸膛。

田霏哭也哭了闹也闹了，直到此刻才相信一切不是玩笑，她眼底满是不可置信，怎么也没想到，自己真的会……死。

她的血溅到了辛栀的衣襟上，在辛栀微怔的神情里扑倒在地，血液潺潺流出，很快染红了辛栀所在的那块土地。

辛栀不是没有见过死人，也不是没有亲眼见过别人被枪杀，只是以往那些都是与自己毫无关系的人，而田霏却与之前的人略有不同。她是鲜活的、敢爱敢恨的，虽然有许多小毛病，在辛栀看来，却是可以忍受的，她仿佛能在田霏身上看到另一个自己。

所以即便早就知道她活不过今晚，也尚存了一丝侥幸，想着只要自己不动手，说不定她就能保住一条命……

向沉誉挂了电话，注意到这边的动静。他看也不看田霏尚有余温的尸体，望向辛栀的眼一沉，伸手将呆怔的辛栀拉至自己身后，手指却迟迟没有松开。他的手指温热，很快就暖了暖辛栀冰冷的手。

似有若无的声音传入她的耳朵里："别怕。"

辛栀飞快地逼迫自己清醒过来，现在不是想这些的时候。

她神色复杂地垂下眼，保持着沉默。就这样淡漠地看着自己的爱慕者死在自己眼前，向沉誉……你又何尝不狠心？

"小霏！"

原本尚能保持冷静的田峰在看到妹妹死后彻底怒了，他不顾一切地向田霏的尸体冲来，却被好几个人拦住。

邹二哥眯着眼笑："别急，马上就轮到你了！"

田峰咬牙切齿，再也不顾及形象，将邹二哥翻来覆去骂了好多遍。

邹二哥不是什么好脾气的人，几个眼神示意那群小弟不用客气。

拳头与肉体的碰撞声伴随着疼痛难忍的闷哼声，田峰渐渐安静下来。

一道强光远远打过来。

自远处驶来几辆轿车，没多久，车子就停住，秦潮礼自车里出来。在众人的簇拥下，他笑眯眯地端详着倒在地上痛得说不出话来的田峰，蹲下身子道："田峰贤侄，怎么，这么晚了还不动身？"

田峰吐出一口血水，先愤怒地看了一眼邹二哥，这才看向秦潮礼："你们杀了我和妹妹，就不怕我父亲那边不好交代吗？"他眼神怨毒，丝毫不肯屈服，骨头硬得很。

这次过来他的确没料到会有此番变故，自家与秦潮礼那边的领头人已经相安无事好几年了，这次秦潮礼主动提出要进行交易，于己方而言，也是扩充国外市场的好机会，所以他才敢放心大胆亲自过来交易。

秦潮礼不为所动："这就不劳田峰贤侄操心了，警察会来收拾局面的。"

田峰不屑道："警察……警察怎么会知道……"他突然一顿，赫然抬眼怨愤地盯住向沉誉，突然醒悟过来，"你们给我下套？！"

秦潮礼拍拍田峰的脸，笑容温温和和，不急不缓道："那批被缴获的货里可是早早将你们的底给透光了，警察现在可是巴不得抓了你们立功。你呀，能力不错，就是过于年轻气盛了，跟你谨慎的父亲比，还差点气候。"

他在小弟的搀扶下站起身。

邹二哥很快上来，毫不留情地猛踢了田峰一脚，正中田峰的小腹，刚刚爬起身的田峰疼得又一次跪倒在地。

秦潮礼冷眼瞧着，也没有阻止的意思。

邹二哥像是急于向秦潮礼表明衷心，骂道："你个垃圾！之前一直故意拉拢老子是不是？想挑拨老子和秦老大之间的关系？去你的！"

田峰闭了闭眼，懒得和邹二哥一般见识。他明白得很，秦潮礼没这个权力私自对自己动手，必然是上头的意思。

"是鸠爷……的意思吧。"田峰冷笑，又断断续续咳出几口血,"反正我活不了了,秦老大不如让我死个明白?"

秦潮礼笑意不减,不再年轻的眼睛里是多年沉淀的血腥与残忍:"当然是鸠爷。鸠爷和老鬼明争暗斗了这么多年,也该有个了断了。"

田峰长吐一口气,知道自己逃不了一死了,他露出一个残忍的微笑,丝毫不在乎自己淌血的嘴角,眼睛隔着人群牢牢盯着辛栀。

"既然秦老大坦诚,那我不如也卖给秦老大一个消息。"

辛栀下意识觉得不安,这种不安感自田峰第一次拿古怪的眼神看自己起就存在。

田峰的话还在继续:"秦老大恐怕不知道,自己的枕边人也会欺骗自己吧。"

他在指苏心溢。

秦潮礼笑容收住,目光一凝,威严的气场蔓延开。

"说。"

辛栀浑身一冷,也直直盯着田峰。

"你说是吧,沈、稚、伊、小、姐?"田峰冷冰冰地笑。

辛栀突然明白了田峰与田霏之前对自己的多次试探,田峰恐怕本想利用这个把柄要挟自己,却没来得及出口吧。

向沉誉表情无比森冷,他没有看辛栀,手指却一寸寸收紧,他微微眯眼注视着陷入癫狂打算不顾一切攀咬的田峰。

田峰看向秦潮礼,朝辛栀的方向昂了昂下巴,眼神瘆人得紧:"如果……不是小霏让我查她,估计所有人都要被蒙在鼓里。"他发出好一阵冷笑,五脏六腑搅成一团,难受无比,"那个女人,沈稚伊是吧?不是早在两年前就死了吗?"

他声音虽不大却宛如一声惊雷——

"如果她不是沈稚伊,那她到底是谁?恐怕秦老大千算万算也料不到自己身边藏了个条子吧?!"

第十五章

向沉誉静了一瞬,双手插兜兀自轻笑了声:"大概是疯了。"

经过一个通宵的整理,宁棠将这段时间所有的发现汇总成长文,以匿名的方式刊登在了所在报社的报纸上。

大清早的,报纸刚一发行就在春望市引起了轩然大波,瘾君子的存在是见不得光的阴暗一角,而这篇报道赤裸裸地将其展现在大众的视线里,箭头直指天堂夜总会。

郑闻贤在看到报道的那一瞬间,便明白了是宁棠所为,她自顾自地认为警方不作为,选择单独行动。宁棠此番曝光的举动无疑让他陷入了尴尬的境地里,辛栀那边的卧底行动很可能也会受到或多或少的打击。

他很快便联系到了宁棠,邀她一叙。

当戴着帽子、墨镜、口罩,并包裹得严严实实的宁棠,出现在郑闻贤面前时,郑闻贤险些没有认出她来。

"有事快说,姐姐最近忙得很。"宁棠有些不耐烦地坐在他对面,警惕地注视着街外的行人,一副特务接头的样子。

郑闻贤上上下下将她打量一番,有些好笑:"你就用这种口气对待救命恩人?"

宁棠心里憋了一口气,她忍了忍,将墨镜架下来一点,直直注视着郑闻贤的眼睛吐槽道:"我上次打电话给你,想找你帮忙,你都没有接,现在倒拿救命恩人来压我了!"

邹二哥自那次认出她是宁跃的姐姐起,便时不时会找她聊天。宁跃是一把好手,死了可惜了,但姐姐看模样也挺机灵的,他明里暗里的意思都是让宁棠当自己的女人。宁棠明白得很,邹二哥这是看上自己的美色了,虽然他不缺女人,但是,多多益善嘛。

邹二哥虽不是什么善男信女,却也不是个用强的,并没有强迫宁棠。那晚,向沉誉去交易了,邹二哥无所事事便找了宁棠来陪自己喝酒,宁棠推不了,被灌了好几杯,好不容易得空去厕所,思来想去打给郑闻贤求助却打不通电话。

好在,没多久,邹二哥便被秦潮礼叫走了。

而郑闻贤也在凌晨的时候去夜总会接回了醉得不省人事的宁棠。

郑闻贤表情严肃起来:"你就不该去那家夜总会打工。"

宁棠嗤一声,摘了口罩:"马后炮!"

"邹二哥怎么会突然对你感兴趣？"郑闻贤问。

宁棠瞪他一眼："我这么可爱，他对我感兴趣……呸，什么感兴趣，他喜欢我，不是很正常的事情吗？"

郑闻贤被她的自恋一噎，顿时说不出话来。

宁棠撇嘴，小声自语一句："我这么可爱，没见你喜欢我。"

郑闻贤没听清，单手支颐："你说什么？"

宁棠无辜地摊摊手，换了个更舒服的姿势坐好："我说，放心吧，写新闻稿之前，我已经从夜总会辞职了。"

郑闻贤眉头却皱得更紧："你这明显是欲盖弥彰，早不走晚不走，偏偏新闻一出就走，这不是明摆着让他们怀疑到你头上吗？"

宁棠一愣，完全没料到这一点，她也紧张起来："不会吧？那篇稿子我可是用匿名写的……"

郑闻贤扶额："知道你的真实姓名，想查你的工作背景是一件轻而易举的事情，他们很快就能查到你除了在夜总会打临时工外，还在报社有一份正式工作。你说，如果他们知道你就在发布新闻稿的报社工作，会怎么想？"

宁棠这下子急了，急急忙忙地站起身："那我这就去报社辞职。"

郑闻贤一把抓住她的手阻止她的动作，凝声道："算了，已经来不及了。"

宁棠犹如触电，倏地收回手，又重新坐下，眼神有些闪烁，嘟囔道："不管怎么样，就算暴露也无所谓，我会继续调查下去，将真相公布于众。"

郑闻贤叹口气，不知该说她固执，还是说她犯傻。

"他们那伙人不是你想象的那么简单。"

"他们？"宁棠眼睛亮了亮，凭着记者的敏感度飞快抓住重点，"你知道些什么是不是？"

郑闻贤将她拉起来，往外走："我什么也不知道，我只知道，不能任由你这么下去，你最近几天最好都老老实实待在警局里，我会安排人保护你的安全。"

"哎？"宁棠瞪大眼睛。

郑闻贤将她塞进车里，不等她聒噪地问话，就接着说："如果你还想活着进行接下来的调查的话。"

宁棠顿了顿，看着他坐进驾驶室，又问："那你呢？"

郑闻贤一滞，好看的眉头皱了皱，随口道："我很忙。"

宁棠没由来地有些许不爽，但她只是满不在乎地收回目光，应道："哦，大忙人。"

郑闻贤不再说话，握紧方向盘，兀自陷入深思。

两天前的夜晚，警方收到举报，一个废弃的码头边，从缅甸入境的一伙毒贩火拼，伤亡惨重，为首的男人中文名叫田峰，他不止浑身是伤，太阳穴上也赫然有一个血洞。根据举报和查证，那伙毒贩恰好就是前段时间警方缴获的毒品的来源。

真相当然不只是这么简单，辛栀早早就告知过，这其中种种是秦潮礼为了铲除对方所为，他们手腕果然了得，现场丝毫找不到其他人存在的痕迹，除了现场的尸体外，没有其余人的指纹和脚印，被抹得一干二净了。

可奇怪的是，自那晚起，辛梔并未和自己取得任何联系。这很不合常理。

郑闻贤心里有些焦灼，安排了经常出入警局的几个熟悉的小混混去夜总会随便打探打探，除此之外，只能等。

"沈小姐，这是您的中餐。"敲门声响起，不等辛梔回话，小高就打开门进来。

他并不与辛梔对视，语气也如往常一样冷淡，但微红的耳垂暴露了他的不安。他将碗筷置于茶几上，手指不由自主紧了紧就出去了。

守在门口的人依然是小高，送餐的人也是小高，每天能和她说话的人也只有小高。好像和之前没什么不同，但事实上，她已经被软禁了足足三天了。

辛梔苦笑，焦躁地瞄一眼房间里新装的监控，只觉得自己尚未有大的成就就已经功亏一篑了。

怪只怪苏心溢不事先做好调查，拿一个死掉的人的身份给自己。想到这里，辛梔长叹一口气，不过，也不能全怪苏心溢，如果田峰、田霏没有莫名其妙查到自己头上来，也不会出现这种差池。想必秦潮礼即便没有相信田峰的话，也必定会去查探一番吧，不知道苏心溢会如何向秦潮礼解释。

田峰无疑是在挑拨离间，他在赌。赔上性命的赌。

但自己又何尝不是呢。

现在，最差的情况无非就是一死，她在接受任务时便已经做好了准备，谁也无法保证自己的身份是绝对安全的，如若暴露也算是为国捐躯了。纵使会有一些小遗憾，譬如……向沉誉……

就这么想着想着，她吃完了中餐，喊小高将碗筷拿出去，又翻身睡下了。

下午送餐的时候，门外象征性地响起了敲门声，辛栀干脆懒得看小高，拿被子蒙着头，有气无力道："放茶几上吧，我等会儿自己吃。"

静了静，才传来一个低沉熟悉的嗓音："是我。"

辛栀猛地掀开被子，看着向沉誉。

"秦老大要见你。"向沉誉说。

下楼的时候，小高并没有跟上来，看来，是向沉誉有话要对自己说。

原以为他要嘲笑自己身份以这种诡异的方式被揭露，但他开口说的，却是另一回事。

"今天的报纸上报道了我们会所，说有人聚众吸毒。"他启唇道。

辛栀微愣，很快意识到是宁棠所为。她一皱眉，清醒地意识到，这个举动对宁棠自身而言是极其危险的，宁棠很有可能，不，是肯定会被秦潮礼报复。

"会不会查到秦老大身上来？"辛栀问。

向沉誉摇头，却也不回答，而是若有所思道："很巧的是，那个写稿子的人恰好就是当时在老于房间里昏迷过去的女人。"

辛栀一顿，面上却不着痕迹："所以？"

向沉誉望入她的眼睛里，似乎打算从其中看出些什么来。他嘴角向一侧勾起，带着些许危险的味道，然后漫不经心道："你的那支录音笔，就是从她身上得来的吧。"

辛栀不以为然："是又怎样，这种小事我也必须要汇报吗？"

向沉誉轻笑，说不清是讽刺还是什么："那个女人，名字叫宁棠，而她有一个弟弟，名叫宁跃，就是被碎尸害死的那个宁跃。"

辛栀面无表情地看着他。

"你现在有一个证明自己清白，不是什么警方安插的卧底或是什么别有目的的人的机会，"向沉誉说，"主动向秦老大提起这件事。"

辛栀愣住，一股凉意自头顶涌向脚底。

向沉誉的意思明明白白，是让自己出卖宁棠，以获得秦潮礼的信任。她想拒绝，却发现自己说不出话来。一方面是宁棠的安危，另一方面是卧底行动能否继续，她有些不确定自己能否做出这个抉择。

"想清楚自己的身份。"向沉誉低声道，"如果你仍想留下来的话。"

辛栀张了张嘴，老半天才涩声说："为什么帮我？"

向沉誉静了一瞬，双手插兜兀自轻笑了声："大概是疯了。"

向沉誉将她带到门口就离开了。依然是熟悉的包厢，可每一次给辛栀的感受却截然不同，她甚至比第一次来到这里时还要紧张，她不知道自己接下来要面对的是什么，是灭顶之灾还是侥幸脱身。

出乎意料的，苏心溢也在里面。她和往常一样，并未受到该事件的影响。她注意到辛栀又惊又疑的眼神，冲她笃定地笑了笑。

辛栀便也渐渐安下心来。

事到如今，辛栀只能选择相信苏心溢，自己的存亡已经和她的利益紧密联系到一起了。

秦潮礼进来的时候，辛栀还在跟苏心溢有一搭没一搭地聊天，看到秦潮礼出现，辛栀条件反射般站起身。

"姐夫……"她眼眶急速变得通红，看起来有些委屈。

秦潮礼示意她不要紧张，笑道："临时让你不要离开房间也是无奈之举，稚伊不会怪姐夫吧？"

辛栀摇摇头，乖巧地怯怯道："当然不会，姐夫也是出于安全考虑。"

看辛栀这么懂事，秦潮礼面色愈发温和："那就好。"

他示意几个跟在身后的小弟出去，包厢里只留下他们三个人，这才微笑着说："你不是真正的沈稚伊，大可以在最开始就说出来，没必要选择欺瞒，心溢也是，没有给你带一个好头。"

辛栀尚未明白苏心溢到底是怎样和秦潮礼解释的，只好默默点头。她暗自猜测着秦潮礼怎么突然这么好说话了。

苏心溢咬唇，眸光盈盈，欺身倚在秦潮礼肩膀上，软言软语道："她从小和稚伊妹妹一起长大，在我心中和稚伊妹妹是一样的。稚伊妹妹已经离开了，也只有她能陪我了，我担心她一个外人无法融入进来，所以才……都怨我。"

秦潮礼笑容缓了缓，侧身避开了苏心溢亲昵的动作。苏心溢僵了僵，但很快恢复了平静。

"我当然相信稚伊的清白。"秦潮礼慢慢悠悠说，"不过我向来赏罚分明，说谎了就要付出代价，不然也无法服众是不是？"

归根到底，其实秦潮礼并没有完全信任自己，或者说，他已经开始怀疑到苏心溢头上了。这么生硬的理由也不知道她是怎么说出口的，也不知道秦潮礼到底是真相信了苏心溢的理由还是别有筹谋……

辛栀定了定神，低头应了一声："是的，姐夫。"

恰好此时，向沉誉推门而入，他冲秦潮礼道："人已经被邹二哥带来了，邹二哥现在正在看着她。"

秦潮礼点点头，示意向沉誉将监控给辛栀看看。

向沉誉一顿，漆黑的眼与辛栀对视了几秒，他眼底有太多复杂的东西，辛栀看不懂，却也不由得感到一阵心悸。

她不明所以地接过向沉誉手中的手机，只一眼，她就脸色尽失。

她终于明白为何向沉誉让自己主动向秦潮礼提起宁棠的事。

监控里那个被捆住的女人，赫然就是宁棠，纵使从监控镜头里看不太清楚，却也能感受到宁棠害怕得浑身发抖。而邹二哥则一直蹲在她身前，不知道在说些什么。

辛栀默默攥紧拳头，飞快地想应对措施，秦潮礼得知的讯息的速度已经完全出乎她的意料了。

现在已经容不得她多做考虑，她心一定，控制好自己的面部表情，惊呼一声："姐夫，这个女人，我曾看到过她。"

"哦？"秦潮礼似笑非笑。

辛栀语速飞快，一股脑地说了出来："当初我从老于家中找到的录音笔就是从她身上发现的。"

秦潮礼微一挑眉，表情并没有过多变化："怎么说？"

辛栀看了向沉誉一眼，字里行间把他也扯了进来："当初我去查碎尸案凶手的时候，她恰好就在老于家里，不过当时她昏迷在地，我并没有过多注意她……向三哥也可以做证。"

秦潮礼双手交叠，稳稳靠在沙发上，看向向沉誉。

向沉誉朝他颔首，证实了辛栀的说法。

"还有就是……我第一次去查案的时候，她也去了。"

秦潮礼笑了笑："既然是老熟人，那就好办多了。"

辛栀微怔，呼吸不由得急促了几分。

却听到他继续说："你年纪还小，还是个女孩子，姐夫也不会惩罚得太过分。"

秦潮礼笑眯眯的,像一个慈爱的长辈一样,但这温和的笑容却让辛栀的心一寸寸冷却下来。

"你只需要给她注射这一小管白粉就行。"秦潮礼说。

在秦潮礼的示意下,辛栀眼睁睁地看着他身旁立着的小弟从口袋里掏出一小包白色的粉末和一支注射针管,然后将白粉倒了一些到针管里。

这次她看清楚了,这些白色的粉末,不是什么面粉,而是货真价实的海洛因——纯度极高的,由老鬼那边制作,田峰漂洋过海费尽周折运过来的海洛因。

第十六章

作为卧底的身不由己,就是再也无法界限分明地分清黑与白。

当辛栀捏着针管沉默地出现在宁棠身前时,被布条堵住嘴的宁棠先是陷入了呆怔,但没过几秒她就认出了辛栀,激动地冲辛栀摇头晃脑——她记起自己曾与辛栀有过一面之缘。

当然,宁棠完全不知道,她在老于家里陷入昏迷的时候,辛栀还救过她一命。

看到辛栀推开门进来,邹二哥先是一愣,表情阴沉下来,本以为辛栀是个单纯的女孩,没想到居然是冒名顶替的。他对这种心眼多的人实在没好感,再好看也没用,连带着他对苏心溢本就不多的尊敬也消失得无影无踪。

他很快注意到辛栀手中的针管,他了然,冷哼一声走了出去。

"你动作快点。"出门前,他冲辛栀说道。

里头所有的人都一股脑地出去了,只留辛栀和被捆住手脚的宁棠。

辛栀深吸一口气,蹲下来,将酒杯放在地上,缓慢地将宁棠口中的布条扯下来。宁棠迫不及待地呼吸了一口空气,原本面对邹二哥时尚还能保持冷静的她在看到还算熟悉的面孔时,一下子惊慌失措起来。

"你怎么会到这里?"辛栀问她。

宁棠心里急得厉害,也不管自己是否和辛栀熟悉,一股脑地对着辛栀絮絮叨叨说话:"郑警官原本让我乖乖地待在警局的,我不该不听他的话,擅自跑出来……啊,你不知道郑警官是谁吧?他……"她只有不断地说话才能缓解自己的害怕和紧张。

"宁棠!"辛栀打断她,此时并没有心情听这些。

宁棠一顿,眼睛倏地惊喜地睁大:"你真的记住我的名字了?"她目光在整个包厢里打量,不安地打了个哆嗦,随即小声道,"你……你是来救我的吗?"

她其实心思通透,看邹二哥刚才的态度就知道,这个不知来历的女人和他们是一伙的,说不定也和毒贩有关系……她不敢想。

没料到的是,辛栀居然真的点了点头:"我是来救你的——"她俯身解开了宁棠身上的最后一个绳结。

宁棠不可置信,她活动了一下手腕,僵硬得厉害,还未来得及道谢,却见辛栀极其缓慢地将一支针管移到她眼前。辛栀握住针管的手指甚至有些发抖:"只要你愿意注射它。"

"注射？！"

宁棠的视线从辛栀脸上落到针管，她有些疑惑和茫然，但紧接着，她脸色变了，脑海里瞬间冒出一个可怕的念头来。

她牢牢盯着辛栀的眼睛，好不容易才找回自己的声音，干涩道："这是……什么？"

辛栀闭了闭眼，没有回答。她所有的巧言善辩突然在这个瞬间消失殆尽。但她仍尽力保持着微笑，她知道秦潮礼还在监控前审视着自己的一举一动，她不能退却。

宁棠明白了，她笑了笑。好不容易冒出的欣喜消失殆尽，绝望感一点一点笼罩住了她。刚才邹二哥冰冷的威胁犹在耳边，她如果不愿意接受注射……大概无法活着离开吧？

先前被捆住时她长时间维持着一个姿势，血液不畅通，手脚愈发冰凉得厉害。

宁棠勉强弯了弯嘴角："是要给我打针吗？我、我从小就不怕打针的，我一点也不怕痛，真的。"

辛栀看着她故作轻松的表情，眼眶一热，猛地单手搂住宁棠。

宁棠一怔，轻声道："你……你怎么了？"

听了这句问话，辛栀的眼泪几乎要控制不住地涌出来。她在秦潮礼面前、在向沉誉面前掩饰得很好的情绪在见到这个善良正义的女孩时，完全藏无可藏。

"没什么……那就好。"辛栀低声说。她结束了这个饱含无数复杂情绪的拥抱。

"来吧。"宁棠平静地闭上眼睛。她其实不是什么大胆的姑娘，也没有那么多正义感，她调查毒贩其实是出于私心，她不甘心自己唯一的弟弟被无端害死罢了。

她嘴角扬了扬又放下，感受到手臂上有轻微的刺痛感，但这痛感很快就结束，被一种从未体验过的爆炸式的快感给吞没。不知过了多久，她才渐渐找回自己的意识。

她迟钝了几秒才反应过来自己身处何处，那股快感已经消散，从未有过的巨大空虚感填满了她的身体。

"我……我能走了吗？"她昏昏沉沉地望向一直紧紧抓着自己手的辛栀，一开口才发现自己嗓子哑得惊人。

辛栀眼底有着很深的隐痛，她别开眼不再看宁棠的眼睛，冲她无声地点点头，沉默地将她扶了起来，在门口把守的无数保镖的注目礼下，径直将她带了出去。

这也是秦潮礼的意思，他不打算杀了宁棠，却打算用毒品控制她，给她警告。

一个人，倘若被毒品所控制，便已经和行尸走肉没什么区别了。一个屈从于毒品之下的人，又怎么能有多余的精力和他所抗衡呢？

但辛栀不明白的是，倘若放走宁棠，她一旦离开肯定会选择报警，连自己和邹二哥等人被暴露也在所不惜吗？

当然，这话她不会说，即便警方要逮捕他们，也好过宁棠丢了性命。

"对不起。"

　　接触到外面阳光的那一刹那,宁棠仿佛听到辛栀轻声对自己道了个歉,又仿佛什么也没听到。

　　但这又有什么用?

　　宁棠面无表情地摇摇头,推开辛栀,一个人跟跟跄跄地离开了,两个保镖打扮的人也很快远远跟了过去。

　　夕阳的余光打在宁棠的身上,给她瘦弱的背影镀上了一层浅金色。明明是柔和的颜色,却显得格外寂寥。

　　对不起,对不起,对不起。

　　辛栀凝视着宁棠的背影,一遍遍在心底重复这三个字。

　　对不起,宁棠。

　　每个人都有身不由己,而作为卧底的身不由己,就是再也无法界限分明地分清黑与白,或者应该说,明知道是黑,却不得不去做。

　　虽然她非常清楚,此刻暂时的黑暗是为了换来更加透彻的光明,但罪恶感永远无法抵消。她可能已经亲手毁掉了这个姑娘的一生,后悔也没有用。就算后悔,她也要去做。

　　良久,辛栀收拾好全部情绪,平静地转身回去。

　　刚一回到包厢,辛栀还没来得及见秦潮礼,向他汇报情况,就接到通知,相关人员收拾东西紧急撤出天堂夜总会,仅仅留一些不知他们底细的员工在这里。

　　白天已经有警察来调查过了,但除了拘留了几个吸毒的瘾君子外，其余什么也没有搜到。而那几个瘾君子本就是泼皮无赖，各种撒泼耍横，什么也不肯说，对他们而言，一旦透露了毒品来源，就相当于给自己断了生路了。

这种僵持的状况只是一时的，维持不了多久。

这家夜总会明面上的主管是邹二哥，但实际上是使用了其他人的名字注册的，也是为了万一败露，好及时脱身。即使被注射毒品的宁棠向警方举报，那被警方盯上的只会是邹二哥和辛栀，不会殃及秦潮礼身上来，这就是他找辛栀动手的另一个原因。

邹二哥胆大妄为惯了，不屑于被警方盯上，但辛栀不同。她打入贩毒组织内部本就是隐秘的，而宁棠将事态全部公开化，让秦潮礼方和知晓辛栀身份的警方高层等所有人都感到了危机感。这种尴尬的现状，让辛栀不得不加紧行动，尽快掌握实实在在的犯罪事实，同时，已经被秦潮礼这只老狐狸怀疑过的她，又必须小心再小心。

只能静观其变了。

晚上的时候，辛栀已经带着全部行李搬到了秦潮礼的私人宅子暂时居住。

秦潮礼见到辛栀时，随口夸了几句干得不错，便没了下文。随后他带着邹二哥等人行色匆匆地出去了，留向沉誉在宅子里养伤。

所有的计划都被新闻稿件给打断，要想在春望市继续生存下去，只能另寻出路。

而好不容易渡过危机的苏心溢心情异常兴奋，她拉着辛栀说了好一会儿话才放辛栀回房间。

　　已是深夜三点,好不容易有了独处的时间,辛栀担心有监控或窃听,仔细搜索了自己所在的房间,连每一条缝隙都没有放过,但什么也没有找到。为了慎重起见,她还是偷偷下楼出了宅子,一边在僻静的小道上散步一边打通了郑闻贤的电话。

　　就着清爽的夜风,简单地解释了这几天失联的状况后,辛栀沉默了片刻,轻声问:"她……怎么样?"

　　那头静了静,郑闻贤转头看了一眼休息室紧闭的房门,抬手深深吸了一口烟。

　　自己的人是几个小时前在警局附近找到宁棠的,不知道她独自待了多久,状态简直糟透了,已经出现了短暂的戒断反应,那毒品效果果真厉害。

　　"放心吧,我会照顾她的。"他沉声安慰,"不要太有压力,不是你的错,而是我没有看好她。"

　　说到这里,郑闻贤不由得轻叹了一声,焦虑地掐灭了仅仅吸到一半的烟。

　　明明叮嘱过要宁棠暂时乖乖待在警局里,可她还是找机会溜了出去,这才给了毒贩可乘之机。

　　将宁棠简单地安排在警局,是他大意了。

　　"嗯。"辛栀敷衍地应一声,默默道,"那就麻烦你了。"

　　又聊了几句,辛栀握紧手机心事重重地往铁门走,刚一抬眼就看到向沉誉正好从宅子铁门走出，他穿着简单的深色衬衣，在夜色的衬托下，整个人俊朗不凡。

在这种时间段看到辛栀，向沉誉表情有些微妙，目光幽深带着说不清的情愫。

辛栀一顿，想起几秒前郑闻贤突然通知的情报，心脏骤然一停，感觉自己几乎快要呼吸不过来。这种状况只维持了半秒，随即，她控制好情绪，若无其事地收回目光，故作轻松地继续对着手机那头说："……嗯嗯，就这样吧我知道了，下次再聊。"

挂了电话，她看着向沉誉一步步朝自己走近。

他似笑非笑："男朋友？"

"向三哥你可不要诋毁我，我不就你一个男朋友吗？"辛栀眼眸带笑，似真似假地否认，她转而攻击他，"这么晚了，向三哥这么有闲情逸致出来散步？"

向沉誉薄唇微抿，轻笑："就不许我出来找我深夜散步的女朋友？"

辛栀假笑两声："那敢情好。"

还没聊几句，辛栀脸色微变，向沉誉目光一凝，两人同时注意到了铁门里传来的某种轻微的动静。

向沉誉当机立断，飞快地搂住辛栀的腰把她往自己身旁一带，隐在墙角处。

辛栀还未开口，向沉誉就出声提醒她。

"安静。"

黑暗中,他的眼神锐利沉静,嗓音清淡低沉。不知是忘了还是怎么,他的手臂并没有移开,一直牢牢箍住辛栀的腰,陌生又熟悉的亲昵接触。

辛栀心头一跳,久违的酥酥麻麻的感觉蔓延开来。

她别开眼敛住心神,乖觉地选择保持沉默,循着向沉誉的视线朝铁门的方向看过去。

没等多久,就见苏心溢独身一人从铁门走了出来,身边并没有往日里熟悉的保镖陪同她,她表情有些凝重,却丝毫不见慌张。而负责看守铁门的保镖也对苏心溢这么晚出门视而不见,态度有些诡异。

很快,便有一辆黑色轿车出现在视线里,苏心溢驾轻就熟地上了车,消失在夜色之中。

等车子消失得无影无踪,向沉誉才缓缓松开辛栀,他嘴角微微一勾,表情并没有丝毫意外。

"有没有兴趣跟过去看看?"他侧头问。

辛栀仍旧盯着轿车离去的方向,她笑问:"我可以当成是约会邀请吗,向三哥?"

向沉誉眼眸暗了暗,嘴角勾了个微不可察的弧度:"当然。"

辛栀被苏心溢深夜出门的举动勾起了兴趣:"那就恭敬不如从命了。"

向沉誉凝视着辛栀静了静,突然挑眉低笑道:"你到底是哪头的?"

辛栀一愣，明白了他的意思。自己当初是在苏心溢的帮助下才进来的，而现在却完全没有帮苏心溢的意思，反而是一副看热闹的态度。

她耸肩摊手，无辜地甜笑："我这么喜欢你，当然是和你一头的咯，况且，"她一副忠心耿耿的样子，"况且，我是秦姐夫手下的人。"

向沉誉眼底划过一丝细微的笑意，但又很快隐去。他垂下眼睫，恢复了惯常所见的冷淡表情。

向沉誉没有选择开车，而是以步行的方式领着辛栀往一条僻静的小路上走，看来他不是第一次干这种事。

路途无聊，他们便有一搭没一搭地聊天。

"你和苏心溢故作亲近是因为怀疑她所以试探她吧。"辛栀平静地说，"你抓住了她什么把柄？还是你有什么把柄在她手里？"

她是在那夜，苏心溢和向沉誉同时叮嘱她不要相信对方起，才慢慢想明白的。苏心溢对向沉誉提防心很重，她虽看谁都是一副深情款款的样子，但实际上最是现实。向沉誉有一副好皮囊不假，但想让苏心溢为此背弃身为老大的秦潮礼显然不可能，她顶多是软言软语拿条件哄着向沉誉，对他有了一种微妙的占有欲。所以，最大的可能是，他们在互相制衡。

向沉誉并不惊讶辛栀能很快猜出来，他眉眼深深带着嘲讽的笑"她需要我替她隐瞒秘密，而我只是一报她昔日提携之恩罢了。"并且，有苏心溢的把柄在手，她必然会在秦潮礼面前帮助自己。

"各取所需而已。"向沉誉嘴角向上微微掀起。

"你早就发现了她会深夜出门？"辛栀笑笑，饶有兴致地问，"秦姐夫去哪儿了？苏心溢就这么大胆？敢瞒着他私底下出去？"

向沉誉轻描淡写道："秦老大去联系鸠爷了，他无权处置这边的情况，都要一一请示鸠爷，鸠爷渗透国内市场已经好几年了，自会有应对措施。"

这无疑是一个重磅消息，辛栀抬眸看了向沉誉一眼，若无其事地问："意思是，我们的人不止在春望市一处扎了根？"这个组织的真正势力比她目前所接触的还要大？

向沉誉轻笑，不置可否。

这条小路越走越偏，辛栀没问究竟目的地在哪里，向沉誉也没解释，保持着默契的沉默。大概这么晚在外面闲逛本身就是件很奇怪的事情吧。

辛栀望向向沉誉的侧脸，不由得又想起了刚才与郑闻贤的通话内容。

十几分钟前，聊完宁棠的现状，辛栀刚打算挂电话时，郑闻贤突然又喊住她："对了阿栀，还有一件事情。"

"什么事？"

郑闻贤走远几步，离开附近几个警察的视听范围，声音压低，语气无比严肃："局长让我通知你，你所在的组织内部，可能并不止你一个卧底。"

辛栀完完全全怔住了："你说什么？"

"据说，那名卧底是上级很久以前安插的，目的不明。而且此人已经与上级失联很久了，他的资料是绝密档案，除了少数几人外，没有人知道他的身份地位到底是什么。目前，他可能在毒枭的老巢克钦邦，也可能就在你身边，现在极有可能已经身处在很高的位置上。"郑闻贤深吸一口气，眯着眼陷入沉思中，"那个人的代号是'五'，因为在他之前已经牺牲了我们的四个兄弟，这只能说明他执行的任务无比凶险。"

郑闻贤沉默了很久："阿栀，有机会的话，把他找出来，然后协助他完成任务。"

辛栀从短暂的回忆里回过神，她盯着向沉誉英挺的侧脸，试图看出些什么来。他对自己若即若离的态度，杀人不眨眼的冷酷姿态。

向沉誉，那个人会是你吗？

一切都是未知。

向沉誉注意到她视线长时间的停顿，漆黑的眼望向她，淡声道："你在想什么？"

"我在想苏心溢到底深夜去了哪里，让你对她如此警惕。"辛栀撒起谎来眼也不眨。

向沉誉讥诮地弯了弯嘴角，好像轻而易举就相信了她的说辞。

"你很快就知道了。"

第十七章
她的眼底映衬着满天星光。

以向沉誉对路线的熟悉程度来看,他并不是第一次来这里。

很快,他们就停在了另一处幽僻的别墅前,刚才出现接走苏心溢的轿车就停在车库前。远远看过去,二楼阳台上,灯火通明,隔着若隐若现的白色窗帘,苏心溢依偎在一个陌生的中年男人怀里,不知道那男人说了些什么,惹得苏心溢花枝乱颤。

此刻,苏心溢和那个陌生男人在明处,而辛栀和向沉誉则隐在暗处,他们并不能发现暗中偷窥的两人。

辛栀"啧啧"两声:"说吧,他的身份。"

向沉誉眉梢微微一挑:"那个男人是本地有名的富商,家大业大,刚来春望市时,秦老大忙得脚不沾地,常常夜不归宿。苏心溢独自一人住在这里，便火速搭上了这个富商。宅子里把守的保镖都是新人，秦老大的钱，苏心溢可以随心所欲地花，便用钱买通了这些人。在她看来，跟着他比跟着一个头上悬着一把刀的贩毒老大要安稳得多。"

"苏心溢打算甩了秦姐夫？"辛栀皱了皱眉，"怎么可能？要是让秦姐夫知道了，她估计活不下去吧？"

"活不下去？"

向沉誉低低一笑，定定打量着辛栀，话里带着深意："如果不是为了尽快除掉秦老大，她怎么可能火急火燎地找警方的人帮忙？"

辛栀心头一震，几乎以为自己的身份已经被他所掌握。她索性懒得掩饰，故作一副惊讶的样子："她找了警察帮忙？"

向沉誉唇畔带着冰冷的笑："苏心溢跟了秦老大十一年，十八岁从秦老大籍籍无名起就陪在他身边，看着秦老大一步步成为鸠爷的得力手下。可无论她如何做，秦老大都没有与发妻离婚、娶她的打算，你说，她怎么甘心继续当一个地下情人？在克钦邦她无法动手，现在来了这里，天高皇帝远，她只盘算着早日解决了秦老大，占了秦老大的全部资产，和那个富商双宿双飞。"

辛栀默默听着，忍不住皱眉问："既然知道苏心溢的意图，那你为什么没有告诉秦姐夫？"

向沉誉一直绕着弯地说苏心溢的事情，却不提秦潮礼，这是他一直在回避的问题。

向沉誉闻言倏地转头定定看着她。今晚月光皎洁，而她的眼底映衬着满天星光，唇不点而红，和……四年前那个夜晚一模一样。

他轻笑一声，微微俯身，喉咙一紧，嗓音里带了些喑哑的味道："你说呢。"

辛栀不躲不让，也直直望入他的眼睛里，心脏却骤然漏跳了一拍。

难道是因为自己与苏心溢的存亡息息相关？

远远的，那男人携着苏心溢进了里间。

向沉誉站直身体，淡淡收回目光："走吧。"好像之前的暧昧并没有发生过一样。

"嗯。"

辛栀心底还有很多谜团尚未解开。

向沉誉与自己在外面相遇或许本就是刻意制造的巧合吧，他想借此机会告诉自己这些讯息？只是为了单纯地揭发苏心溢？还是试图利用自己传达什么？

他身上的疑点已经越来越多，并且他似乎没有掩饰的意思。他对秦潮礼真的有那么忠心吗？他是否就是郑闻贤口中那个人呢？

辛栀默默地选择了暂时什么也不问，静静等待合适的时机。

天已经蒙蒙亮了，公安局休息室里，郑闻贤陪了宁棠一整夜没有睡觉。

宁棠一直反复呕吐恶心，好不容易才沉沉睡过去，郑闻贤在休息室里注视着她的睡颜静坐了很久。

宁棠的眉头拧得很紧,脸色也苍白得厉害。

郑闻贤起身,轻手轻脚地替她掖了掖被子,这才拿起一直放置在床头柜上的手机,掩门离开。

几个小时前,在医师的叮嘱下吃药的时候,宁棠一边不受控地流泪发抖一边朝他宣誓:"放心吧……郑警官,我坚强!我勇敢!我一定可以戒毒的,我不要像弟弟那样……郑警官……你信不信我?"样子看起来可怜兮兮的。

郑闻贤看着她老半天没说话,心里难受得紧。他良久才从喉咙里吐出三个字:"我信你。"

宁棠挤出一个笑:"如果……我控制不了自己,郑警官你,你尽管把我铐起来吧!把我关去戒毒所也行……"她勉强闭了闭眼,尽力把脑海里那种飘飘欲仙的快感抹去,她五指握成拳头,指甲深深抠进肉里,小声喃喃,"他们休想我去求他们要毒品……"

郑闻贤抿了抿唇,干涩道:"……好。"

宁棠神情恍惚:"给我注射的是一个……一个长得挺好看的女人……还有夜总会的邹二哥,他们都是一伙的……如果我猜得没错的话,他们……他们应该就是给阿跃提供毒品的人。"宁棠的呼吸骤然变得急促,她缓了好一会儿才继续说,"你会去逮捕他们吗?"

郑闻贤半晌没回话,一边是迫于无奈的辛栀,一边是无辜的受害者宁棠。不可避免地,警方已经从宁棠衣服上提取到了辛栀的指纹。

郑闻贤烦躁地按了按额角。

"我们的人会去核实情况。"他生疏地安慰她,"别怕。"

语毕,他拿起烟盒,起身想出去抽一根,却被宁棠拉住手,他一僵。

宁棠的声音带了点颤音,如同一只被遗弃的小猫,药物的反应和身体本能的排斥感搅在一起,让她浑身痉挛。

"别走,陪我一会儿,就……一小会儿就好。"

郑闻贤沉默了两秒,丢开烟盒笑了笑,重新坐下来。

"好。"

床头柜上,郑闻贤的手机振了振,屏幕亮了起来,进了一条短信:"郑警官,搜捕令下来了。"

郑闻贤静静收回目光没去管它,面沉如水。

他知道,那搜捕令是要搜捕辛栀等人的。

以他的身份,无法阻止这一切的发生,他必须,也只能亲手逮捕辛栀。

次日上午十点。

不知道秦潮礼是何时回来的,也不知道苏心溢是何时回来的。总之,当辛栀起床时,包括向沉誉在内的几人都在大厅沙发上聊天。

苏心溢和往常一样,坐在秦潮礼身旁软言软语说话。

因着她已经知晓了苏心溢的打算,所以她不着痕迹地多看了苏心溢几眼。

看到辛栀下楼,苏心溢朝她招手,示意她跟着他们一块去餐厅吃早餐。吃完早餐后，秦潮礼便说自己要与向沉誉谈事，让苏心溢先行离开。

他与苏心溢说话的口气明显没有之前亲昵，苏心溢表情僵了一瞬，便岔开话题说自己学了一道新甜品，正好要去厨房做给他们吃，拉着辛栀一同离开了。

气氛凝固了几秒，秦潮礼这才笑眯眯地拍了拍向沉誉的肩膀，随意的动作里暗含力道。

"之前田峰的事情干得很好，我替你向鸠爷邀了功，鸠爷指名要见你。"他眼睛眯了眯，声音压低，似威胁似嘱咐，"到了那边，小心说话。"

向沉誉颔首应道："是，秦老大。"

秦潮礼笑了笑。

向沉誉能力突出，经过四年的打磨，愈发成熟老练，他隐隐有些忌惮向沉誉。自来了春望市后，更是经常将主要任务交给邹二，打压向沉誉……

他不是没有怀疑过向沉誉，但向沉誉几乎是无懈可击的，抓不住痛脚，这让他更加不安。

如果向沉誉此番受到了鸠爷的重用……

他暗暗思忖着，不料向沉誉再度开口："秦老大，沉誉有一事相求。"

"哦？"

当辛栀端着苏心溢亲手制作的甜品再度来到餐厅时,他们已经结束了谈话。

看到苏心溢没跟来,秦潮礼眉头蹙了蹙:"心溢呢?"

"苏姐身体不太舒服,先上楼休息了。"

秦潮礼不是很在意地点点头,敲了敲桌子:"坐吧。"

等辛栀坐下,他才含笑看向她:"我安排小向回一趟克钦邦,你也跟着一起去吧。"

辛栀惊讶,指着自己:"我?"

向沉誉神色不动,垂眼静静喝了口热汤,骨节分明的手指搭在碗壁上,置若罔闻。

秦潮礼眼底暗芒一闪,随即温和地笑开:"也该让你出去多锻炼锻炼了。"

辛栀不由得看了向沉誉一眼,见他毫无反应,只好乖巧地说:"好,姐夫放心,我会好好地协助向三哥的。"

秦潮礼挥挥手:"好了,别在这里烦我了,你们都出去吧。"

直到离开了秦潮礼的视线范围,辛栀目视前方,这才低声开口:"是你跟秦姐夫说让我和你一块去克钦邦的?"

向沉誉沉默了几秒,并未否认,淡淡道:"跟着我,会更安全。"

辛栀微怔,再加上昨晚他那句似是而非的话,几乎要以为这是向沉誉在向自己表白。但很快,她一下子想通了另一回事。

秦潮礼为何放走宁棠,任由宁棠给警方通风报信。

归根到底,是因为自己吧。

他压根不信苏心溢的说辞，却选择暂时稳住苏心溢和自己，虽然不知道他会如何处置苏心溢，但显而易见的，不管自己是否是警方安插的人，他都要借警方的手除掉自己。

好在自己的真实资料早已被抹去，警方即使想找到她，估计也得花上不少时间。

只是，秦潮礼为何又同意了让自己离开春望市呢？

两天后，他们利用伪造的身份顺利地从与其接壤的云南怒江傈僳族自治州入境，到达了缅甸克钦邦。又连续坐了几天车，才到达密支那，鸠爷的地盘附近。

这天阴雨连绵，克钦邦多峡谷河流，陆路本就交通不便，仅有的行驶道路一片泥泞，据说前方还发生了小范围的塌方，他们一行只好选择步行，在当地向导的帮助下，另寻他路。

向导是个热情的中年男人，一直絮絮叨叨着给他们介绍当地的风土人情。

辛栀虽没什么兴趣听，但也一直礼貌地回应他，维持着自己假扮的人设性格，一来一去，勉强算得上相谈甚欢。

她与向沉誉合撑一把伞，身体挨得很紧，向沉誉全程保持沉默，只是在踩过一些乱石或绕过一些树枝的时候，时不时扶辛栀一把。

向导误会了两人的关系，调笑道："夫人的丈夫对夫人真好。"

"没……"辛栀下意识想否认，却又马上意识到周围还有秦潮礼的人，这次陪同他们而来的人，是秦潮礼亲自挑选的，对秦潮礼忠心耿耿。

辛栀立马抿唇害羞地笑道:"还是谢谢你的祝福。"

那向导没懂她的意思,爽朗地大笑道:"祝福?夫人我没有在祝福你,我只是在陈述事实而已。"

辛栀瞄了瞄向沉誉,也大大方方笑,眼眸弯成月牙状:"那就谢谢你坦诚事实。"

虽说与向沉誉是逢场作戏,她心底还是忍不住因为这句话甜了一甜,不管怎么说,这都是她很久以前憧憬过的未来。

向沉誉闻言看她一眼,目光闪了闪,不动声色地扫了身边的一群人一眼,并没否认什么。

雨渐渐停了,向导带的路越走越偏,辛栀察觉到了些许不对劲,她有些放心不下,却见向沉誉无比镇定,这才咽下自己的疑问,只是渐渐没了说话的兴致。

他们已经在一段密林里走了很久了,到处郁郁葱葱的,没头没脑在里面转的话,估计很难找到出路。向导依旧热情地和辛栀搭话,从他的表现上看不出异样来。

"……先生和夫人别急,咱们很快就要到了……"

他话音还未落,远处便传来一声口哨。

全部人动作一顿,很快,那口哨声离他们近了近,偶尔有一小群鸟扑腾着翅膀从树林间飞向天际。

向沉誉身后的一群人纷纷警觉起来,掏出枪围成一个圈,甚至有人将枪口对准了向导:"你带的什么路?那是什么声音?!"

向导吓白了脸,连连摆手:"不是……大哥别紧张,我什么都没做！"

"安静。"向沉誉蹙眉，做了一个噤声的手势。

空气凝固了十几秒，那口哨声如同消失了一般，再没有响起。

身后有人迫不及待道："向三哥，这向导肯定有问题！我们不如……"

说话的当头，无数密集的枪声骤然响起，向沉誉飞快地揽住辛栀往地上一滚。

向导在这边混了多年，不是没见过世面，很快也灵巧地匍匐在地，消失不见。

不过须臾，说话的人被射成了马蜂窝。

一番躲避，向沉誉、辛栀与秦潮礼的人分离开来，两边的人交火的声音不绝于耳，向沉誉却没有动手的意思，他安静地紧紧箍着辛栀，眼睛仍注视着前方闪动的人影。

"没事吧？"他低声问。

辛栀已经习惯了向沉誉不提前打招呼就动作，她强忍着小腿被荆棘刮伤的疼痛："嗯，我没事。"

向沉誉一顿，飞快地看了她一眼，好像已经看出了她的谎话，语气微微紧绷："再忍耐一下。"

辛栀扯了扯嘴角，狠吸一口气："好。"

向沉誉眸光微沉，手臂更用力地搂紧她，几乎要将她整个揉进自己身体里。她原本是那么骄纵的一个小姑娘，从不会掩饰自己的疼痛。

枪声很快就停息，四周一片诡异的安静，不知双方伤亡多少。

向沉誉静默地伏在草丛里，一只手护住辛栀，一只手执枪，一点也不慌张，好像在等待些什么。

又安静了好几分钟。

"向三哥？向三哥！"

"向三哥你还活……向三哥？"

远远的，传来秦潮礼的人喊话的声音，他们在四处寻找向沉誉，声音急切，可向沉誉却充耳不闻。

很快，他们的喊话声就被零散的枪声所取代——他们的声音暴露了所在位置。

长时间保持一个动作，辛栀全身都麻掉了，死亡仿佛已经离她越来越近，她掌心开始冒汗。

"开枪的到底是什么人？"

向沉誉答得很快："鸠爷的人。"

辛栀不可置信，猛地扭头看他："鸠爷？怎么会……"

"这是鸠爷送我的见面礼。"向沉誉面无表情，一字一顿说得很慢。他的目光极暗，嘴角勾起的弧度冰凉无比。

辛栀一窒，顿时说不出话来。

直至此刻，她才彻底感受到这个男人的危险与冷漠，与传闻中一模一样。

第十八章

她下意识将自己防御向沉誉、掩饰自己真心的刺收起了那么一丁点。

　　两人紧紧贴着地面,潮湿的枯草扎在辛栀的脸颊上,又麻又痒,辛栀却毫无所觉。

　　她抛开所谓埋伏杀人的对与错,冷静地分析:"你的意思是,鸠爷单独联系过你?"

　　向沉誉不置可否,他缓缓起身,将辛栀搀起来。他很快注意到她手臂的刮伤,上次的刀伤才好没多久,又再次受伤,他眉头皱了皱:"痛吗?"

　　"还行吧,我没那么娇弱。"

　　辛栀飞快地抽出手,她的视线在四周一扫,随处可见不少尸体,有和他们一道而来的熟面孔,也有不认识的生面孔,估计就是鸠爷的人。

而这些人的死亡，居然都是在向沉誉计划之内发生的事情。

手中一空，向沉誉僵了半秒，随即不着痕迹地收回手，他移开目光静静扫视周围，对着惨烈血腥的一幕并没有过多反应，他语气平静道："只许他对我暗下黑手，就不许我回击吗？秦老大甘心让我过来，本就是想借机会在这边除掉我。"

他伸手将她脸颊边的一缕头发亲密地别至耳后，淡淡道："正如他本想借警察之手除了你。"

辛栀默默咬唇，她当然明白这一点。

"那他为什么会同意让我来克钦邦？"

向沉誉唇畔染上讥嘲的笑："两边都设了死招，没什么太大区别，更何况，我用苏心溢的消息和他进行了交换。"

辛栀没回话。

向沉誉看她一眼："别这么看我，他既然开始怀疑苏心溢，势必会查出真相，我只不过先一步告诉他而已。"

"你担心我？"辛栀打断他，她垂着眼看不清表情，"所以宁可交换消息带我在身边，是不是？"

向沉誉并不知道她的卧底身份，她现在不在秦潮礼的掌控范围内，即便苏心溢泄了底也没太大关系了，更何况鸠爷也已经不打算再重用秦潮礼，这是她能想到的所有理由。

但这种种理由归根到底，是因为你忘不了我是不是？因为你还爱我是不是？

是不是，向沉誉？

这下子轮到向沉誉沉默了,他逃避似的转开话题:"鸠爷疑心极重,性子古怪。他愿意扶持谁就扶持谁,而现在,他已经对秦老大失望了。"

"他准备扶持你?"辛栀一字一顿,"你打算取代秦姐夫。"

向沉誉定定注视着她,眼底情绪未知。

老半天他才缓缓开口:"这次来克钦邦,如果我死了,那么——"话说到一半,他停住,警觉地住了口。

向沉誉态度不明,辛栀有些气馁,并没过多注意他语气的变化。

"那么怎样?"

向沉誉微不可闻地叹了一声,眼底的宠溺转瞬即逝:"那么,照顾好自己。"

辛栀疑惑地抬头。

"你这话是什——"话语声戛然而止,她的瞳孔微微放大,向沉誉的手顺势抬起她的下颌,唇温柔地贴在她的额头上。温热的温度,透过额头一下子让她的心变得滚烫起来。

没几秒,她很快注意到身后靠近的脚步声,头脑一瞬间变得清明,她猛地退后一步,脸上适时地飞起红霞,故作娇嗔作势要打他,正好被向沉誉整个拉入怀里,他嗓音低低的:"别闹。"

辛栀一怔,不自觉地攥紧他的衣角。

她已经分不清自己对向沉誉的种种举动,是形势所迫的伪装还是下意识的亲昵,她也分不清向沉誉对自己,到底是怎样,是真抑或是假。

"哈哈哈，美人在怀，向三哥真是好兴致。"身后传来一把清爽的声音，向沉誉顺势松开她。

辛栀侧头，一个年轻的男人热情地拥抱住向沉誉，大力拍了拍他的后背："好久不见！"对方一身小麦色皮肤，笑容很灿烂，是容易给人留下好感的英气相貌。

向沉誉也淡淡笑："鸠爷，好久不见。"

辛栀惊了惊。她原以为鸠爷会是一个头发花白的老人，没料到居然这么年轻。

鸠爷松开这个怀抱，似笑非笑地打量辛栀几眼，二话不说就直接示意自己的人将她绑住。

向沉誉拦住他们的动作，沉声道："鸠爷，这是我的女人。"

"我知道她是你的女人。"鸠爷无所谓地抱胸点点头，他眼神霎时间变得狠辣，示意那几个手下不用管向沉誉，"但是女人碍事，在这边待了这么多年，你身边一直没有女人，我想你该懂这个道理。"

向沉誉没有动。

等那几个手下再度靠近辛栀时，向沉誉很干脆地抬手朝离辛栀最近的那个手下开了一枪，冷声道："滚开。"

鸠爷脸色一变，又细细审视了辛栀一番，这个女人固然漂亮，却看起来柔柔弱弱的，没什么特别。但联想到刚才他们之间亲昵的动作，他狭长的桃花眼里暗光一闪。

他哈哈大笑起来，丝毫不在意自己的手下被打伤。

"算了算了，我可不是那么不近人情的人，为了个女人做到这个地步，你也算是个重情重义之人。"

向沉誉伸手将辛栀揽住，恭敬地颔首道："多谢鸠爷。"

辛栀眼眶微红，带着颤音道："谢谢鸠爷。"

鸠爷满意地点点头，他吹了声口哨，口哨像某种暗号，一声接着一声远远地传开。

辛栀眯眼小心翼翼顺着声音看过去，在某棵参天大树后面看到之前那个向导的身影一闪而过——他也是传口哨的人之一。

她仔细回想了一遍刚才向导在的时候发生的一切，自己与向沉誉的互动，确认没有纰漏，才隐隐松了口气。

鸠爷所居住的地方在密林深处的寨子里，四周不仅围着围栏，还有不少武装力量在不停巡视，易守难攻，安全指数很高。

简单地吃过晚饭后，辛栀率先在保镖的陪同下去了房间休息。她这次来克钦邦，为了安全起见，除了带了几件贴身的衣服，什么也没拿，即便想与郑闻贤取得联系，也暂时做不到。

鸠爷让自己的几个亲信离开了，亲自给向沉誉倒上酒。

"在你们离开克钦邦之前我就说过，"鸠爷慢条斯理地说，"我要你，取代秦潮礼。"

向沉誉目光微微一凝，却没立即回话。

鸠爷细细打量着他，见他委实没有任何表情，戏谑地笑了笑：

"别紧张,不就背叛一个昔日老大嘛,没什么大不了,说到底,你们都是为我做事,谁能力大就谁当老大,不是很正常吗?"

鸠爷散漫地笑笑,把玩着酒杯,无所谓的口气:"倘若哪天,你自觉能坐到我的位置上来,我让给你,也不是不可以。"

"鸠爷说笑了,沉誉只是做好分内的事。"向沉誉不卑不亢道。

鸠爷若有所思地笑笑,桃花眼里划过一丝狠绝:"秦潮礼想必是年纪大了,脑子不好使了,居然栽在一个普通人手里,提早暴露了自己。"他冷笑一声,将一小袋白粉丢到向沉誉跟前。

"老鬼那厮失了一双儿女,果然方寸大乱。他在整个缅甸猖狂了这么多年,也该让让位置给年轻后辈了。"

"恭喜鸠爷。"向沉誉说。

鸠爷点点头,沉思片刻:"春望市是个好地方啊……这次从老鬼那里得来的货我打算全权交给你去交易,如果成功,不止秦潮礼的位置可以给你坐,把老鬼的位置给你也不是不可以。"

向沉誉闻言依旧没过多兴奋的情绪:"多谢鸠爷。"

鸠爷摸了摸下巴,意味深长道:"啧,向沉誉啊向沉誉,我有时候,真是看不透你到底是个什么样的人。"

向沉誉淡笑,举起酒杯,和鸠爷对饮。

倘若他流露出一丝一毫对位置的觊觎,估计马上就会死无葬身之地吧。

辛栀在保镖的陪同下回到房间,她洗过澡后,默默爬到那张唯一的大床上。瞟一眼床头柜上的东西，嗯，鸠爷果然很贴心，什么都准备好了。

她知道向沉誉不会对自己怎么样，但好歹是第一次和他同房间睡觉，还是忍不住心跳加速，索性蒙住被子一边等他回来一边捋今天获得的信息点。

这么想着想着，她便睡着了。也许是日有所思，夜有所梦，在梦里，她突然回忆起了当年与向沉誉的往事，那是她在向沉誉离开后，怎么也不敢触碰的回忆。

梦里所有人都是模模糊糊的，唯独向沉誉很清晰。

那时候警校里很多人都知道，向沉誉喜欢辛栀，这是一件多么稀奇的事情啊。向来性子冷淡的向沉誉居然喜欢上了高傲骄纵的辛栀。即便后来辛栀答应了向沉誉，还是有不少人幸灾乐祸地想，他们两个肯定不对盘的。

辛栀不服气得很，凭什么自己第一次恋爱成不成功要受到大家的猜测？

在第一次约会的时候，她便气冲冲地跟向沉誉说起了这回事。

夜晚校园的香樟树下，两人十指紧扣。

"你很在意别人的想法？"听她说完后，向沉誉脸上并没有过多表情，眼睛定定注视着辛栀，他永远都是一副冷冷淡淡生人勿近的样子。

辛栀愣了愣，有些不甘心承认："也不是……只是，很讨厌别人这样说……"她的话语戛然而止。

夜风很凉，他的唇却更凉。

但很奇妙，相触的那一刹那，却好像有一股电流划过，飞快暖遍她的全身。

辛栀捂住被他轻吻过的额头，脸有些发烫，好在，周围行人并不多，没有人会看破她的小小尴尬和窃喜。

她不管不顾地对他发脾气："喂！你！你亲我就不能提前打声招呼吗？"

"不能。"向沉誉微微勾唇，此刻他眼底倒映着漫天星光，深邃如海。

"你无赖！"

辛栀瘪嘴翻翻白眼，掩饰自己飞快的心跳，作势要打他，却正好被他牵住手，怎么抽也抽不出来。

"别闹。"他嗓音低低的，明明和平常没什么两样，却莫名让辛栀心跳愈发加速。

"我……"

她还未来得及继续说几句掩饰的话，就被他的猝然低头怔住，剩下的话语梗在了喉咙里。他覆上她唇的动作有些生疏青涩，却带着不容置疑的缱绻温柔，每一次唇齿间的试探都牢牢牵动着她的心，引得她不由自主沉溺其中。

不知过了多久，向沉誉才松开她，他紧紧锁着她的目光，不容她回避。

"我喜欢你，阿栀。"他一字一顿说得无比郑重。

辛栀有些害羞，眼神罕见地有些躲闪，全然忘了自己刚才在为了什么事情生气。

"嗯……我知道啊，干吗突然说这个，你不是说过吗？"

"对，我说过。"

他揽住她，脸上的笑容很浅，口气不容置疑："怕你忘了，我想再说一次。"

"我不可能变。"他说。

……

他们两个肯定不对盘，他们一点也不般配，他们迟早会分开。

不，这些乱七八糟的说法简直荒谬。

只要遇到对的人，便会心甘情愿为对方改变，且甘之如饴。

恍惚间，辛栀好似真的感觉到有人在朝自己靠近，没一会儿，有一双手臂牢牢箍住她，触感如此真实。

辛栀猛地睁开眼睛，从那个不知是梦还是回忆的幻境里醒来。黑暗中，她正好对上向沉誉紧合的眼。

惊醒的瞬间，她立马意识到是房间里的熏香有催眠效果。自己怎么就无知无觉地睡着了？倘若进来的人不是向沉誉而是别的什么人，那她说不定已经命丧黄泉了吧。

她有些懊恼，自己的警觉性什么时候这么低了。

"你喝酒了？"

问出口的瞬间，辛栀顿时觉得自己是个白痴，这不是明摆着的事情吗?

她莫名有些窘迫,又补充道:"我出去问问看有没有醒酒汤之类的东西。"

向沉誉眼睛都没睁开,手臂仍然隔着被子牢牢箍在辛栀身上,他呼吸沉沉地低笑一声:"不用。"

辛栀明白了。

他醉了。

不然他在没有外人在场的情况下,怎么会突然抱住自己?

不然他和自己说话的口气,怎么会突然变温和?

此刻向沉誉浑身酒味很重,不知道被鸠爷灌了多少。虽然他在夜总会的时候,也经常喝酒,但和今晚相比明显醉得不是一个程度。

"不用就算了。"辛栀犹豫了半秒,还是打算起身,"看在你喝醉的份上,我勉为其难去睡地板。"

"别动。"向沉誉按住辛栀的肩膀,他冰凉的唇瓣贴在她的脖颈处,"我没醉。"

辛栀在黑暗中睁大眼睛笑了笑,试图掩饰自己因这番亲近而骤然加速的心跳。

"向三哥,你这是在耍酒疯吗?"她突然想起什么,语气有些酸,"你肯定不知道我是谁吧?"

脖颈处是他清浅的呼吸,辛栀有些痒,不适应地偏了偏头,向沉誉却轻轻喟叹了一声,带着说不清道不明的意味:"阿栀。"

辛栀僵住。

他已经很久很久没有这样喊过自己了，久到她几乎要以为自己还未从梦中醒来。

老半天她才干巴巴地应一声："干吗？"

向沉誉没有再回话，他好看的眉头微蹙，唇线微扬。是一个古怪的表情，担忧又满足。

这个夜晚实在很奇怪，他们明明身处危险重重的鸠爷老巢，却因为彼此的存在而生出了一种莫名其妙的信任感，又或者说，是很久以前就存在的信任感突然重新涌现出来。

辛栀全身柔软下来，她甚至弯了弯嘴角，颇有些无奈，口里却嘟嘟囔囔地埋怨了一句："我才不要跟你一起睡，你身上酒味这么重……"

话虽如此，她却闭上了眼睛。

也许是刚才那个梦过于美好，她下意识将自己防御向沉誉、掩饰自己真心的刺收起了那么一丁点。

第十九章

辛栀便是他向沉誉唯一的软肋。

清晨,辛栀还未睁眼就感觉到了向沉誉的存在——他在组装枪支,冰冷的器械相互碰撞的微小声音让人心悸。

辛栀翻了个身,调整了下呼吸才起身。

注意到辛栀的动静,向沉誉一顿,搁下手中的枪,朝她的方向看过来:"吵到你了?"

辛栀摇摇头,视线从他脸上移到飘窗上,那上面整齐地排列着各种型号和大小的枪支。她一眼就辨别出,那是秦潮礼的人随身携带的那些枪支,她曾在秦潮礼的宅子里见到过,很多都是外国货。

向沉誉弯腰挑了一把,起身朝她走过来,走到床边蹲下身子直视着她，叮嘱道："你老老实实待在这里，哪里也不要去。"他一顿，"谁的话也不要信。"

辛栀点点头，因着昨晚的缘故，她眼神不自觉地躲了躲："好。"

他们现在在鸠爷的地盘上，多说多错，多做多错，她当然明白这个道理。

向沉誉没料到辛栀突然这么好说话，怔了半秒，似笑非笑地扬唇摸了摸她的头发，在她还没来得及反应的时候贴近她耳畔："昨晚睡姿还不错。"

"喂！"辛栀一恼，推开他的肩膀，惹得他轻笑一声。

紧接着，房门毫无预兆地被打开，鸠爷毫不顾忌地走进来，正好看到他们这番小小的亲昵，他桃花眼眯了眯："哟，忙着呢？没打扰你们吧？"

向沉誉起身颔首："鸠爷。"

辛栀捏紧在门被推开前，向沉誉塞进她手里的那把冰凉的枪，飞快地将其塞入枕头底下，随即若无其事地也跟着喊："鸠爷早上好。"

鸠爷身后走出几个小弟，他们看也不看向沉誉，无所顾忌地走到飘窗前，将向沉誉刚刚组装好的枪通通收进了箱子里。收好后，其中一个走至鸠爷身后，冲他耳语了几句。

鸠爷目光微闪，热情地拍了拍向沉誉的肩膀："干得不错。"

向沉誉淡笑："是我应该做的。"

这批枪支是从死掉的秦潮礼的人尸体上拿出来的，最近这段时间，鸠爷方和老鬼方火拼，老鬼方虽说已经彻底处于劣势，但鸠爷方也伤亡惨重，正是需要从各个渠道获取大量枪支的时候，这次和向沉誉一同过来的人所携带的配枪，正是向沉誉亲自挑选的精良品。

鸠爷笑容来得快，收得也快，他很快就不耐烦起来，目光从墙上的时钟上掠过："既然已经装得差不多了，那就出发吧。"

"是。"向沉誉应道。

鸠爷从箱子里拿起一把枪随意在手指间转动，带着人率先出去了。

辛栀有些意外，他们才刚到克钦邦，才刚见到鸠爷，鸠爷这么快就给向沉誉安排任务了吗？难道鸠爷就这么信任向沉誉不成？

"你们要去哪里？"辛栀皱了皱眉，突然冒出些不好的预感来。

向沉誉没有回话，他在原地站了会儿，脸色冷得厉害。过了几秒，他才望向辛栀，眸光暗暗，抿唇道："乖乖等我回来。"

"……好。"

他没有立即出去，而是弯腰又抱了抱辛栀，早晨长时间站在飘窗风口，他衣服带了些许凉意，辛栀不禁瑟缩了下，向沉誉却抱得更紧，他似有若无的声音落在她耳畔："……保护好自己。"

他起身，不再看辛栀，背影很快消失在门口。等门重新被关上后，辛栀才默默从枕头底下摸出那把枪，若有所思地端详了它一阵，才小心地将它收好。

她突然回想起昨日向沉誉对她说的那句话——

"这次来克钦邦，如果我死了——"

他究竟是什么意思？

左右无事，辛栀便又睡了一觉，醒来的时候，向沉誉还未回来。

她打算出门却被门口的保镖拦住："不好意思小姐，鸠爷没有传唤你。"

辛栀忍了忍脾气，笑道："我只是想到外面随便走走。"

保镖丝毫没有放她出去的意思。辛栀懒得跟他多说，只好作罢，好在早中晚餐都有人按时送进来。

怎么也没料到的是，她这次被软禁在房间里居然长达一星期，而向沉誉也一直没有出现过。这次和那次被秦潮礼软禁完全不同，她身处克钦邦，对外面的情况一无所知，不能轻举妄动。

正在万分焦虑之际，保镖终于松口允许她出门，当然，原因是鸠爷要见她。

保镖亲自带着她走出房间，绕过走廊去到上次向沉誉与鸠爷会谈的房间里。

鸠爷独自坐在里头自酌自饮，看起来随性洒脱，辛栀却丝毫不敢大意,暗自思忖着他的意图,在他的示意下坐在了桌子的另一头。

鸠爷咧咧嘴:"随便坐随便吃,把这里当自己家就好。"

"多谢鸠爷。"

看着对面的辛栀捏起筷子,鸠爷饶有趣味地打量她。

"怎么,你就不好奇向沉誉去哪里了?"

辛栀摇摇头,笑道:"向三哥如果想告诉我自然会告诉我,不告诉我也自然有他不告诉我的理由。"

"他这几天已经回春望市替我办事了。"鸠爷扯了扯嘴角,戏谑地笑,"他留下你一个人在这里。"

他在辛栀微微惊讶的表情里凑近她几分,语气暧昧地明示道"当然,我对女人一向大方,像你这样漂亮的女人,要是愿意跟我,倒也算条不错的出路。"

"是吗?"辛栀一怔,微微一笑,垂下眼继续夹菜吃,"多谢鸠爷欣赏。"

鸠爷又继续盯了她好一会儿,看她委实没这个意思,才自讨没趣地轻笑一声调侃道:"真不明白像你这样的女人,一抓一大把,向沉誉为什么会偏偏在意你?"

辛栀搁下筷子,朝鸠爷乖巧地笑了笑:"或许您弄错了,向三哥并不喜欢我,是我一直追在向三哥身后。"

"啧,倒是贴心得紧啊——"鸠爷摸摸下巴,突然极缓慢地叫出一个名字,"辛栀。"

骤然听到自己的名字，辛栀心底悚然一惊，但她面上却一丝一毫也没表露，夹菜的动作不停，神态也保持着自然："多谢鸠爷夸奖。"

鸠爷并不在乎辛栀有没有反应，继续说道："你这段时间一直跟在向沉誉身后，不知道你有没有听过这个名字，这是他当年读警校的时候谈过的一个女朋友的名字。"

辛栀笑笑，摇头否认："向三哥并没有跟我提起过往事。"

"是吗？"鸠爷无所谓地应声，"那真是可惜了。"

鸠爷唇畔带笑直直望着辛栀。

"听说她是个美人。"他说。

辛栀抬头看了鸠爷一眼，似吃醋似不满："是吗？"

鸠爷却没打算继续聊"辛栀"这个话题，一副恍然大悟的样子："哦，我倒是忘了，你这几天一直闷在房间里，想必不知道外面的情况吧？"

说话间，进来两个保镖，持枪抵住了辛栀的太阳穴。

辛栀一愣，眼睛一眨便已经泪光盈盈："鸠爷？"

只见鸠爷若无其事地继续说："秦潮礼查出他最信任的女人试图背叛他，我早就说过，女人碍事，他偏不听，这下好了，这个女人居然向警察打小报告，这才害得春望市的进展接连失利。我最恨叛徒，而这一点，秦潮礼倒是和我很像，所以，"他肆无忌惮地勾了勾嘴角，"他亲手解决了那个女人。"

辛栀面上没什么过多的表情，内心却波涛汹涌，苏心溢死了？

秦潮礼果然心狠手辣，对一个跟在自己身边多年的女人都能狠心下手。

她仍在思忖之中，鸠爷已经慢条斯理地再度开口："我早就知道向沉誉是警察的人。"

辛栀一滞，倏地抬头一瞬不瞬地盯着他。

"不然他怎么可能升得这么快？呵……他对我倒算得上忠心耿耿。"鸠爷眯了眯眼，单手支颐喃喃自语，好似陷入了沉思之中，"他在来到寨子的第二年便私下联系我，在我面前将自己的真实身份交代得清清楚楚了。与其当一个为警方卖命的卧底，倒不如跟着我做生意赚大钱，在这方面他是个聪明人，我相信，你也是。"

辛栀已经预料到了什么，抿紧嘴唇没说话，等着他的下文。

"你知道向沉誉为什么留你在这里吗？"鸠爷问。

辛栀保持微笑摇摇头："我不知道。"

鸠爷笑了笑："他前几天已经将你的身份彻彻底底交代出来了，他愿意选择弃暗投明，你自然也可以。"

辛栀一怔，细密的冷意一点一点蔓延出来。

鸠爷漫不经心地将一部手机丢到桌子上，手机与桌面发出沉闷的撞击声。

"要不要考虑一下？辛警官？"他慢慢抬眼望着辛栀，笑容邪肆。

旁边保镖手中冰冷的枪口抵在她的太阳穴，仿佛只要她一开口拒绝就会彻底射穿她的脑袋。

辛栀静默地盯着那部手机,那是她在离开春望市之前删除所有信息销毁掉的与郑闻贤单线联系的手机,里头虽然没有任何有价值的东西,但她浑身血液还是霎时间变得冰凉。

她低下头,没有立即否认也没有立即答应。

良久,她才开口说自己要考虑考虑。

鸠爷看着自己的人将辛栀带了出去,顺带将桌子上那部手机随手丢到了垃圾桶里。

他似笑非笑地摸了摸下巴继续自酌自饮。

他其实压根没打算在这个关头杀死辛栀。在刚才的谈话中,鸠爷唯独没有告诉辛栀的是,向沉誉除了将辛栀的真实身份透露给自己外,还承认了他对辛栀依然有感情。

辛栀便是他向沉誉唯一的软肋。

向沉誉亲手将自己的软肋交到了他手里,并请求他在这几天里替他照顾好她。

所以,他怎么能辜负自己得力干将的信任,杀死自己得力干将心爱的女人呢?

保镖将辛栀带回了房间里,鸠爷对她并没有过多看管,没有加强守卫也没有将她捆绑起来,好像认准了她无法逃脱。

辛栀也没有打算反抗,她将刚才与鸠爷的谈话仔细地捋了一遍。

毫无疑问，向沉誉就是当年警方安插的秘密卧底，并且已经叛离了警方，彻底加入了鸠爷一伙。他很有可能会凭借自己的秘密身份在鸠爷的示意下再度与警方联系，亏得郑闻贤之前还对自己说，让自己协助他。

　　自她进入夜总会与向沉誉重逢起，向沉誉迟迟没有向秦潮礼举报她，她不是没有抱着一丝侥幸心理，认为他对自己尚有旧情的……

　　她的心不由得一寸一寸开始下沉。

　　但现在看来，他早就做好了打算吧？他根本没将秦潮礼看在眼里，他忠于的只是鸠爷一人而已。他试图利用自己向鸠爷邀功，然后踩着自己一步步往上爬。

　　虽然暂时不知道他是什么时候知晓自己真实身份的，也不知道他是何时找到自己与郑闻贤联系的手机的……哦，大概是那晚被他看到打电话起，就产生了怀疑吧。

　　辛栀倏地冷笑一声，他们想拉拢自己，没那么容易。

第二十章

只需一枪,她妥帖藏好的所有爱恨就会随着他一起烟消云散。

这个晚上辛栀睡得格外安稳,一点也没有心绪不宁。事到如今,想再多也没有用,只能随机应变了。

她起床,和前几日一样吃完了早早准备好的早餐。左右不能出门,她也懒得出门再看保镖们的冷眼,随手从书架上挑了本书看起来,这满满一书架的书正是她这几日的精神食粮。

还没翻几页,门口便传来两声急促的敲门声,辛栀有些意外,往日保镖可从没这么礼貌地敲门过,都是直接打开门进来的。

"请进。"辛栀说,门外却半天没有声响,辛栀狐疑地又补充,"我没锁门。"

她话语刚落,"吱嘎"一声,门开了。

辛栀扬起一副客套的笑脸，朝门口望去："是鸠爷又有事叫我——"声音戛然而止。

门口，向沉誉满身风霜，眉眼沉沉，立在门口静静注视着她。

他看起来疲惫至极，好似已经奔波劳累很久了。辛栀一晃神才意识到，他刚从春望市过来，他完好无损，这也意味着那起交易非常成功。

辛栀一顿，合上书，扬起笑脸："向三哥，你回来了？怎么去这么久？"

看到辛栀安然无恙地待在房间里，没有逃跑也没有受伤，向沉誉嘴角似有若无地弯了弯。他几步走过来，将坐在藤椅上的辛栀整个用力搂在怀里。辛栀坐在阳光底下晒太阳，浑身暖融融的，这温度让他的嘴角在辛栀看不见的位置里，弧度越来越深。

向沉誉身上有极淡的血腥味和尘土的味道，怀抱也温暖如昔，辛栀静了静，将头靠在他的肩膀上，轻轻笑了笑，语气甜腻："怎么了？向三哥，是不是想我了？"

"别对我假笑。"向沉誉说。

辛栀表情僵了僵，收了笑，一下子冷淡下来，嘲弄道："哦，那就没什么好说的了。"

向沉誉手指力度一寸寸收紧，良久，他自嘲似的低笑一声，松开这个拥抱，不再看辛栀，自顾自脱下外套躺到了床上。

"别吵我。"他说。

辛栀看着他合上眼，有些不满地说："喂！你就不能洗个澡再睡吗？那可是我的床！"

　　回应她的是向沉誉绵长沉稳的呼吸声，这个星期他的确没有睡过一个安稳觉，为了能在警方的层层严密监控下完成鸠爷交付给他的交易，他费尽心血。

　　而支撑着他完成交易回到这里的最大信念，不过就是辛栀的安然无恙罢了。

　　辛栀气恼地将书捡起翻开打算继续看，却怎么也找不到自己之前看到的那一页，也无法静下心来了。

　　她索性起身走到床边，端详了向沉誉一番，深呼吸一口，将绑在小腿上的枪小心翼翼取出来直直对准他的胸膛。

　　辛栀面无表情地执枪，这枪还是向沉誉亲手给她的，黑沉沉的枪口对准向沉誉，他却没有反应，就这样无比信任地在自己面前睡着了，对可能发生的一切毫无所觉。

　　她枪法很好。

　　只需一枪，她就能结果了向沉誉的性命。

　　只需一枪，她就能处置了这个背叛国家的叛徒。

　　只需一枪,她妥帖藏好的所有爱恨就会随着他一起烟消云散。

　　春望市公安局——

　　郑闻贤和同事们开了一整个通宵的会，天亮了并不意味着可以休息了，十几分钟后，他们又要出去执行任务。

　　最近一周春望市内发生的事情很多，辛栀虽然去了克钦邦，却给他们留下了关于秦潮礼的不少线索，他们也彻底掌握了秦潮礼的位置。警方一边试图抓住他可能遗留下来的漏洞，一边静静等候，只要他再度行动，必然逃不出法网。

但古怪的是，秦潮礼一直没有行动，可市内却有另一伙人在暗处隐秘地行动。当警方得知线索时，那伙人已经完成了交易扬长而去，警方循迹追过去，却只能知道他们消失在了云南怒江傈僳族自治州与缅甸克钦邦接壤的地方。

郑闻贤暗暗咬牙，虽然缉毒行动不是一朝一夕就能完成的，但他也无法容忍毒贩继续猖獗下去。

在和同事们一起离开警局前，郑闻贤似有所感，拉住一个眼熟的实习警察问道："宁棠人呢？"

那实习警察答："宁小姐出去了，说得到了您的允许。"

郑闻贤眉头打成了结："得到了我的允许？！"

当郑闻贤在早已被警方接手的夜总会里找到宁棠时，忍不住叹了口气。

宁棠此刻很平静，她目光有些呆滞，独自坐在包厢的沙发上双手紧紧环抱着自己的膝盖，自她被注射毒品起，她消瘦了许多。打电话通知郑闻贤过来的服务员完成了任务，拢上门长舒了一口气，一个精神状态不太好的人出现在这里，他们也不太好办。

宁棠看到郑闻贤，先是疑惑了一秒才反应过来，喃喃着他的名字："郑警官，你来了。"

郑闻贤勉强笑了笑，走过去摸了摸她的头顶："好了，我们回去吧。"

宁棠稳定的时候和以往一样机灵，轻而易举就能让实习警察相信她的说辞再偷偷溜出来，但她一旦毒瘾发作，就极难控制。

听了郑闻贤的话，宁棠摇摇头："我不想回去，我不想天天待在房间里，面对着白色的墙壁、白色的天花板和穿着白大褂的医生。"宁棠停了停，眼珠转动，上下环视这间包厢，"你知道吗郑警官，我就是在这间房被注射的毒品……我不是说我想吸毒了，不，我的确很想很想吸，想念那种感觉……也不是，我的意思是……我不要再继续吸毒，对，我不要。"她几乎有些语无伦次。

"我明白。"郑闻贤说，他握住宁棠微微颤抖的手。

宁棠眼睛弯了弯："你说，我什么时候才能像一个正常人一样？什么时候才能正常工作？我很想回去继续当记者。"

郑闻贤静静注视着她："你后悔吗，追查毒贩。"

宁棠毫不犹豫地摇摇头，她嗓音有些低哑："我不后悔，尤其是亲身经历过之后，我更加不后悔。我唯一后悔的是，我为什么不早一点开始查……这样，说不定我的弟弟就不会死。"

"你会很好地控制住毒瘾的，我相信你。"郑闻贤说。

他眼底闪过一丝怜惜，然后许下承诺："等你彻底好了，我们一起继续追查毒贩。"

宁棠眼睛亮了亮，她勉强克制住自己身体下意识对毒品的渴望，扬起笑脸："好，就这样说定了。"

克钦邦寨子的房间里。

向沉誉醒来的时候,辛栀依然坐在藤椅上看着书,她的侧脸沉静而美好。但很快,他就注意到辛栀随手丢在地毯上的枪。

他心思通透,很快就了然。

但他并没有过多反应,而是自然地起身捡起枪递到辛栀眼前:"走吧。"

辛栀头也不抬,淡定自若地收起枪:"去哪儿?"

"去跟鸠爷汇报情况。"向沉誉说。

走出房门的时候,没有看见往日那些不近人情的保镖,而是小高守在门外。

"小高?!"辛栀颇有些意外。

小高冲辛栀微一颔首,一贯平静的脸上也冒出些细碎的喜悦:"沈小姐。"

向沉誉淡淡扫了小高一眼,小高似有所觉又恢复了冷静,垂下头不再说话。

他们一边往鸠爷处走,辛栀一边压低嗓音问"小高怎么会过来?"

"有他保护你,我也能更放心。"向沉誉淡淡说。

他好像不打算再掩饰他对自己的感觉。辛栀一默,不自觉地攥紧拳头,几乎要克制不住自己嘴角边嘲讽的笑。

"哦,这样啊。"她敷衍地应道。

事到如今,他这样说还有什么用?

利用她的人是他,伤害她的人是他,背叛她的人是他,怎么,他还期望自己不顾一切继续爱他吗?

真讽刺。

鸠爷特意为向沉誉举办的晚宴结束后,他特许向沉誉带辛栀出去走走散散心,整天闷在房间里估计也没什么好说的。

临出门前,鸠爷别有深意地说:"好好劝劝辛警官,你们两个这么多年后能再度走到一起也不容易,把你当初的心路历程和她说说,不当警察不为警察办事也不是多困难的事。"

向沉誉微笑,视线宠溺地从她脸上划过:"是。"

鸠爷桃花眼一眯:"你知道我想要什么。"

辛栀明白了,鸠爷想要向沉誉从自己口中套话。

说是让他们两个一起散散心,实际上,鸠爷还是安排了不少保镖前前后后环绕着他们两个所在的吉普车。

辛栀率先开了口:"你什么时候知道我是警察的?"

向沉誉打了个擦边球:"我从没有相信过你会当毒贩。"

辛栀一窒,心底的话几乎要脱口而出,她也从没有相信过他会成为毒贩。即便他当着她的面漠视生命她也仍存在一些疑虑,在郑闻贤告诉她组织内还有卧底的时候,她第一反应也是向沉誉。

可现实却这么赤裸裸地摆在她眼前,他的确是,但又……

"想必你已经知道了,我的身份。"向沉誉淡淡道,打断了她的出神。

"身份?你是说警察吗?你是说卧底吗?"辛栀觉得好笑。

向沉誉唇线紧抿不发一言地将吉普车开到了密林深处,他拔了车钥匙，这才朝辛栀道："下车。"

几个其他车的保镖也下了车打算跟过来，向沉誉眉头一皱，不耐烦地寒声道："我们有话要说，你们留在这里等就好。"

他们几个没立即回话，面面相觑犹豫了起来。

向沉誉冷道："怎么？鸠爷是怎么跟你们说的？"

"是，向三哥。"其中一人快速应道。鸠爷的确说过让他们一切听从向沉誉指挥，有意培养向沉誉。

于是他们停滞在原地不再跟过来。

向沉誉不容反抗地紧紧牵住辛栀的手，领着她一步一步朝密林里走，映入眼帘的都是陌生得说不出名字的树，唯独身旁这个人是熟悉的。

莹白色的月光透过稀疏的枝丫投在他们身上，与向沉誉的白衬衣相得益彰。

直到走到那伙人听不见他们谈话的位置，他才停下脚步，他们正好停在一棵硕大的老树旁，它的枝干远远挡住了辛栀的位置，那几个保镖无法看清他们究竟在做什么。

辛栀远远凝视着黑暗中被风吹得簌簌作响的树林。

"刚来克钦邦的那一天，你为什么觉得自己可能会死？"向沉誉显然没有开口解释的意思，辛栀便率先开口问道。

向沉誉没打算隐瞒她，慢条斯理地理着她的长发，将被风吹乱的打结的地方一一捋顺。

"鸠爷性子古怪多变，稍有不慎就会死，我不确定此番能否完全获得他的信任。"

"所以你选择向他举报我？以获取信任，赢得这次交易的机会？"辛栀瞥他一眼，眼睛里带着盈盈笑意。

向沉誉梳理头发的动作停也不停，他眼神很冷，唇畔却带着温柔的笑承认道："是。"

"向三哥果然手段了得。"辛栀夸道。

"彼此彼此，辛警官。"向沉誉说。

关于他的卧底身份，辛栀其实有许多想问他的问题。

于铁血的任务与柔软的情感，于正义与邪恶，于光明与黑暗，他们都是对立的两个面。

现实而惨烈。

但这一刻所有质问他的话在嘴里转了个弯，最后变成了一句"你……当初说的话可还当真？"

她选择了情感。

向沉誉微讶，眉宇间飞快地闪过些什么，他没料到辛栀会突然问这个，他眼睛眯了几分眸光暗暗："什么话？"

辛栀笑笑："你说，你不可能变。"

你说，你喜欢我，你不可能变。

向沉誉沉默了，他面上依旧没有什么表情。

等待的每一秒都显得无比难熬，本是一句试探的话，她却忍不住开始期待答案。

见他一直没回话，辛栀笑意淡了淡，随口道"算了，当我没问。"

向沉誉注视着她，轻笑一声，一字一顿："当然。"

"我不可能变。"他的嗓音一如既往地清淡低沉。

辛梔回视着向沉誉笑起来，她眉眼弯弯，好像对这个答案很满意。

她挣开向沉誉牵着她的手，伸手扯住向沉誉的衣领，试图将其往自己的方向拉，可向沉誉却并没有动，他垂下眼睫，目光仍牢牢锁着她，眼底翻涌的情绪不明。

见他没有反应，辛梔微恼，只好双手攀在他的肩膀上，踮了踮脚，主动朝他贴近。

她本想狠狠地咬住他的唇，以宣泄自己的一腔愤怒，但在相触的一刹那，她不知怎的，无比轻柔地吻在他的唇上。这是重逢以来，她第一次主动亲吻向沉誉。

辛梔闭上眼睛，无视那股骤然蔓延开的绝望的钝痛感，无视那突然汹涌而来的酸涩泪意——大概也是最后一次。

向沉誉只静默了一秒就单手按住她的后脑勺，再顺势搂住她的腰，义无反顾地加深了这个吻，反客为主宣示着自己的主导地位。

辛梔渐渐气息不稳，却仍用力攀着他的肩膀。

再然后，一声轻微的枪声响起，向沉誉身体一滞，眼睫微微颤了颤，缓缓结束这个吻。

他眼睛极黑，怎么望也望不见底。明明是很温柔缱绻的唇齿交缠，两人之间却有淡淡的血腥味蔓延开。

向沉誉并未松开她，而是又轻轻吻了吻她的嘴角，好似带着说不清道不明的怜惜。

下一秒，辛梔轻而易举地推开向沉誉，她脸上的笑意愈深，借着树干的掩护后退一步，又一步。

对，只需一枪，她妥帖藏好的所有爱恨就会随着他一起烟消云散。

"我也是。"辛栀突然小声说。

向沉誉浑身一僵，似不敢置信。

辛栀干脆地收起枪，不再看向沉誉被自己一枪击中的小腹，飞快地转身，借着复杂的地势跑出几十步远，估摸着他无法追上自己了，这才鬼使神差地回头看了他一眼——

薄凉月光的笼罩下，看不清向沉誉的眉眼，但他仿佛笑了笑，像无奈又像释然。

他没有出声喊人也没有动，看起来并不打算阻止她。他的右手捂住不停冒出鲜血的伤口，定定注视着辛栀的身影，直至她再度转身彻底消失在自己眼前。

连续多日的疲惫加上刚才的枪伤，他再也支撑不住身体的虚弱，单膝摔倒在地。

第二十一章

三次，她眼睁睁看着向沉誉中过三次枪。

我也是，向沉誉。

我依然爱你，在你离开的每一分每一秒都从未停止过，在与你重逢的每一分每一秒里愈演愈烈。

但是，我必须走。

黑暗里，影影绰绰的树影自她身旁掠过，呼呼刮过的风声好似成了催命的音符。

辛栀逼迫自己不去管向沉誉，也不去管被远远抛在身后的零零散散的枪声，飞快地屈身向前跑。向沉誉身手其实很好的，这种速度的枪击他完全有能力出手制住自己，但他却不管不顾毫不反抗……

不管他究竟出于什么理由，辛栀都不愿去想。即便他是有意放走自己的，又能怎样？结果都不会改变。每个人都有自己所坚持的东西，都有自己的使命，她必须为了自己的任务而离开。

现在她已经完全暴露，继续留在这里也没有任何用处，鸠爷性子古怪，指不定哪天她就会丧命，左右都是一死，还不如趁现在拼死一搏。

辛栀一遍又一遍地对自己说，自己没有对准向沉誉的要害不过是怕麻烦罢了，他如果真死了，那么那群保镖肯定会全部死追着自己；他没死，那他们说不定就去救他，不会死追着自己了。

对，这就是原因。

向沉誉选择散步的这个地方地形很好，虽然开阔却树林茂盛密集，车子无法进来。而且今天天气也不错，地面干燥不会留下痕迹，只要跑远了他们就无法追寻到她的踪迹。

只要她能够与郑闻贤取得联系返回国内，就能占据主动，化劣势为优势。

虽说暴露了，但她也不是没有收获，鸠爷的年龄、样貌、身份、地位及势力范围……向沉誉的反叛和他位置的提升……对，当务之急是向警方拆穿向沉誉的身份。

只要警方掌握了这些，必然会对他们的组织造成不小的打击，想必，这就是警方委派给向沉誉的任务，向沉誉原本的目标是鸠爷。

前方乱石遍布，在绕过一块半人高的巨大石头时，辛栀的手臂猝不及防被一道黑影拉住。

"谁?"辛栀敏捷地挣脱开那人的手,飞快地摸出自己的枪对准那人。

这块巨石形成一个易守难攻的死角,虽然明显,却很好藏人,她不禁暗骂自己大意了。

"沈小姐,是我。"那人渐渐探出头。

辛栀一愣:"小高?你怎么会守在这里?"

小高皱了皱眉,有些焦急地看了看辛栀身后,无视辛栀手中的枪,又试图拉辛栀的手臂:"跟我走,我知道出去的路。"

"我凭什么相信你?"辛栀眼睛眨也不眨,语气冷冰冰的,仍旧持枪对准小高。

小高看她并不信任自己,不发一言,径直将别在自己腰间的枪和随身携带的两把匕首递到辛栀眼前,这才肃声道:"放心吧沈小姐,现在我已经没有武器了。"

辛栀又盯了他几秒,试图从他冷静的表情里看出些什么来,他从何出现?是特意在等自己的吗?他为什么要帮自己?

但小高的神情并没有变化。

辛栀倏地一笑,将小高的手一推,并没有接过他的枪,什么问题也都没有问出口。

"我们走吧。"她说。

小高松了口气,脸上浮起很浅的笑意,但这笑很快就收起,他仔细地张望了一阵,才谨慎地选择了一条捷径,带着辛栀飞快地离开。

不过行走了半个多小时,视线尽头便出现了一辆破旧的吉普车,小高驾轻就熟地上了车,带着辛栀离这里越来越远。

辛栀望着外头渐渐远去的树林:"你确定这个方向不会有人来追吗?"

"不会,向……"小高一顿,不会撒谎的他沉默了半响才继续说,"向这个方向走肯定不会错。"

"哦。"辛栀没管他突然的停顿,收起枪闭上眼,"那我睡一会儿,到了地方叫我。"

"好的,沈小姐。"小高答。

经过一夜的奔波,天蒙蒙亮了。

"沈小姐。"前头的小高急促地喊了一句,他放慢了车子前行的速度。

辛栀睁开眼坐起身:"怎么了?"

她其实并没有睡着,不过是勉强闭上眼休息罢了。但只要她一闭上眼,脑海里便会回想起几个小时前,中枪的向沉誉远远朝她勾起嘴角的一幕,让她的心一阵钝痛。

不待小高回复她便看清了外面的场景,不远处有一伙人正在一车一车地进行盘查。

"还有别的路离开克钦邦吗?"辛栀收回目光,重新将枪握在手里,好像只有这样才能给予她些许安全感。

小高略一思索,慎重地说:"除非弃车。"

辛栀毫不犹豫:"好,那就弃车。"

趁那伙人还没有查到这边来,小高迅速掉转车头偏离了这条路。他眉头紧蹙保持缄默,向三哥之前特意叮嘱过,让他从这条路离开,如果连这条路都被拦截住了……那就只能拼一拼了。

在路过一个加油站时,辛栀示意小高停车,她穿上小高早已准备好的乔装用的衣服帽子,在加油站附近的便利店里拨了个电话出去。

焦虑地等了十几秒,终于被接通。

"是我,无声。"辛栀说。无声正是她的代号。

那头的郑闻贤一顿,掐掉烟头快走几步离开众人的视线。

"你那边怎么样?还安全吗?"他有些急促地问。

辛栀视线在便利店店员脸上打量。

"嗯,还好。"她将从店员口中得知的具体地址告知了郑闻贤。

郑闻贤长舒口气:"如果可以的话,你来克钦邦与云南接壤的地方找我,到了那附近我会来接你,或者你待在原地,我直接来接你。"

"你在这边?"辛栀有些意外。

"对,执行任务。"

"我过来。"辛栀沉默了几秒,"你还记得之前对我提起的……五号吗?"问这个问题时,她语气有些紧绷。

郑闻贤压低声音:"五号已经秘密与上级取得了联系。"

"什么?!"辛栀脸色一变。

那头郑闻贤的声音隔着千山万水震得她脑子嗡嗡作响,这些措手不及的信息量几乎要将她的全部思绪打乱。

"五号将这几年的情况一一向上级汇报了，我也是最近才从局长那里知道，上级当年安排给五号的任务就是一举挖出从克钦邦入境的非法走私贩毒团伙。这一组织不止在春望市活动，还在国内许多城市都留下过足迹，秦潮礼不过是一个小头目罢了。五号经过长时间的蛰伏，已经逐渐获得了大量讯息。"郑闻贤停顿了两秒，"现在，正是收网的时候。明天晚上他们会在那附近运输大量毒品，而这次，那位行踪诡秘不轻易露面的毒枭会亲自现身。"

"所以你知道五号的真实身份了吗？"辛梔问，"就不担心是陷阱？"

"不知道，以我的权限无法知道这些。"郑闻贤眉宇间有些阴郁，他狠狠吸了口指间的烟，"但据他透露，五号深得那位毒枭的信任。"

挂了电话后，辛梔白着脸在原地站了一会儿，这才脚步匆匆地返回了车内。

她思绪飞快，有些想不通明明向沉誉就是五号，为什么还要向警方举报自己？

这次运输毒品，会是圈套吗？

电话里并不适合讨论这个，她只好长话短说，等见到了郑闻贤再具体跟他探讨。

不知车子开了多久，最后停在一条水流湍急的河边，小高跳下车，示意辛梔跟着自己走。

他嘱咐道:"这是条捷径,路很不好走,而且还埋有许多老旧的地雷,稍有不慎就会被炸死,但只要绕过河流再走几个小时就能到达云南边境。"

"多谢你小高,"辛栀停住脚步,"你回去吧,我一个人可以走。"

小高摇摇头,平静地说:"我在最开始就是苏姐指派给沈小姐的保镖,保护沈小姐的人身安全是我的责任。"他低头仔细检查了下背包里的枪支,"苏姐死了,没有人有权利能卸我的职。"

辛栀望着他,蓦地一笑:"好。"

小高顿了顿,将一部手机递到辛栀手里:"你不必非去便利店打电话,用这部手机和你的人联系吧。"

辛栀垂眼接过手机:"多谢。"

两人沉默地沿着河流走了差不多两个小时,小高的脚步突然停住了,他死死盯着地面上一堆燃尽的枯枝,语速急切起来:"有人在附近。"

他果断拉着辛栀往回走,脸色阴沉得厉害,想必向三哥也没有料到,鸠爷会在这个紧要关头安排大批人马搜捕辛栀。

还没走出多远,身后便远远传来口哨声,小高脸色尽失。

辛栀一路都在观察地形,她朝小高示意,两人躬身躲在一处茂盛的丛林间,这里虽能暂时藏他们的身影却不是长久之计。

小高凝神注意着周围的声响,不发一言。

倒是辛栀率先开了口:"抱歉,是我连累了你。"

小高一怔,眼底不自觉流露出不该存在的情绪,但这情绪收得极快,他很快理清头绪:"沈小姐,等会儿我会往反方向跑,掩护你,你就趁着那伙人追我的时候继续往我们原本要走的方向跑,一定要快。"

"你疯了吗?你没必要为了我做到这样。"辛栀愣住,眉头蹙了蹙,小高这种行为无异于送死。

小高嘴角向两侧上扬,罕见地笑了笑,这笑容减淡了他惯常的冷漠:"我也算是完成向三哥交代的任务了,只要没因为我的疏漏连累向三哥连累你就好。"

辛栀一僵,逃避似的别开眼。

耳边却听见他继续说:"鸠爷不是什么好说话的人,倘若你对他而言没有利用价值的话,你会死⋯⋯向三哥也是没有办法才这样做,不管是在春望市还是在这边,你的处境或许比你想象的要更加危险,向三哥是在用他的方式保护你⋯⋯虽然我知道这样说没什么用,向三哥也不让我告诉你这些,但我还是希望你能理解他。"

小高苦笑一声:"向三哥他⋯⋯真的很爱你。"

辛栀张了张口,还未来得及说什么,小高便已经起身,头也不回地往他们来的方向跑,他身形很灵活,很快就跑出几十米远。

不过须臾,无数枪声响起,小高趔趄了一下,腿部中了一枪。他毫不犹豫地闪身躲在树后转身反击,但寡不敌众,他已经逃无可逃。

辛栀咬牙,决绝地闭了闭眼,在越来越密集的脚步声和枪声中,在即将被发现的那一刹那,她毫不犹豫地匍匐几步,跳下河里,湍急的水流一下子将她冲得很远。

下一秒，小高引爆了半掩在土里的一枚地雷，汹涌的流水声伴随着震耳欲聋的爆炸声，水里仿佛有无数力道在撕扯着她，她昏了过去。

再度醒来的时候，她已经躺在了干净温暖的床上，她猛地坐起身，直到听到半掩的门外陆陆续续传来郑闻贤的声音，她才渐渐镇定下来。

河水将她冲上了岸，她在先前利用这部手机给郑闻贤发送了讯息，看来是他根据信号找到了自己。这手机看起来虽老旧，防水性能却还不错。

辛栀刚打算起身，小高的手机却突然振动起来，她蹙眉看过去，手机显示着一个未知号码。

辛栀盯着这号码看半响才接起。她脸上重新挂起笑容，语气甜腻："向三哥。"

那头静了静，传来向沉誉熟悉的嗓音，他轻轻嗤了一声，说不清是嘲讽还是什么："果然还是这样的结果。"

果然还是这样的结果，鸠爷的穷追不舍，小高的舍命而亡。

两边都再没有说话，安静地听着对方的呼吸声。

良久，向沉誉才低笑一声："你想说什么？"

"我很好奇，"辛栀笑笑，"你是怎么跟鸠爷解释我的离开的？"

"我的伤势不就是最好的证明吗？"向沉誉独自坐在藤椅上，抬腕挡住眼睛，嗓音淡淡不含情绪，"更何况，我一直在尽力抓捕你，不是吗，辛警官？"

"你不用继续骗我了,我知道你就是五号,我知道你没有叛变。"说完这句话,辛栀感觉到无尽的疲倦感汹涌而来。这几年与向沉誉之间的所有过往在她脑海里一一掠过,她忍不住揉了揉太阳穴。

"是吗?"向沉誉的声音很森冷,既没有承认也没有否认。

"是。"辛栀说,"你别想再骗我了。"

她原本的确相信了鸠爷的话,向沉誉叛变了警方。从郑闻贤那儿知道向沉誉与上级联系后,她下意识开始怀疑这是向沉誉设下的陷阱,但郑闻贤接下来的话又让她陷入了自我怀疑。

所有线索回到源头,她唯一肯定的是向沉誉的确是五号,但向沉誉又将自己的身份暴露让自己置于危险的境地里,这很不合理。

思及此,辛栀一下子醒悟过来,只有一种可能,就是他一直在骗鸠爷。

没错,他是警方派来的卧底,但他并没有打算真正投靠鸠爷。

为了完全获取鸠爷的信任,为了让鸠爷愿意现身,他打算破而后立,他打算以身涉险。

向沉誉没有说话。

"你为什么不肯告诉我实情?"辛栀笑道。

向沉誉依然没有说话。

"你为什么要选择一个人离开?"辛栀又笑,明明是质问她却一直保持着微笑,"这样欺骗我很有意思吗?"

不知过了多久,向沉誉才轻轻笑了一声。他声音里包含了太多太多说不出的情愫:"保护好自己。"

"我——"向沉誉突然顿住，咽下了未出口的两个字，他自嘲地轻笑。

辛栀握紧手机，呼吸不由得开始加速，她仍强自镇定："你什么？"

没有开灯的黑暗的房间里，向沉誉凝眉看了看空荡荡的床，现在这个房间已经没有了辛栀的身影。他顿了顿，无视腹部枪伤的疼痛，从藤椅上起身，自飘窗前眯眼往下看，无数人进进出出整装待发。

前几天他在春望市进行的交易非常重要，鸠爷也非常重视。交易方地位很高，需要的毒品量也很大，交易成功后，交易方更是加大了毒品订购量，还要求在克钦邦与云南的交界处与己方的老大亲自见面。

如若能成功与交易方合作，不止在春望市，在国内的各个城市，交易方都愿意提供不少助力，能完全稳固鸠爷这几年慢慢在全国布下的交易网。

鸠爷野心极大，前次交易的成功让他终于心动，打算亲自出山。

如果自己的计划成功……如果……向沉誉眼眸深不见底，嘴角不可抑止地向上勾了勾。

他低低朝着电话那头笑道："我知道你一直懂。"他的语气中透露出自重逢起，从未有过的温柔。

辛栀怔住。

"今晚不要出现。"他说。

电话挂断了，他们之间短暂的对话自此戛然而止。

辛栀看着屏幕一点一点黑掉，这才面无表情地推开门走了出去。

夜晚降临得很快，此刻已经是深夜十点。

知晓鸠爷长相的辛栀持着望远镜和几个穿着防弹服的警察一同蛰伏在山间的草地里，他们此番与缅甸本地警方合作，目标就是为害一方的鸠爷。

"你确定鸠爷会出现吗？"她通过对讲机问郑闻贤。

"确定，这是五号费尽心血得来的重要情报，上级命令，我们必须全权听从五号的指示。"

"好。"辛栀默默攥紧拳头，只期盼着，向沉誉千万不要出意外就好。

他已经……受伤了。

终于，不知等待了多久，视线尽头缓缓驶来几辆大货车，他们一行人如预料中的一样，在预计的位置停住——原本空旷的道路被人为造成了塌方。

透过望远镜看过去，那行人武装得十分严密。向沉誉下了车与几个手下不知道在交谈些什么，他行动有些缓慢，脸色白得厉害。

谈完后，他命令一行人撤退，看样子是打算折返寻找新的路径。

辛栀一颗心提到了嗓子眼，静静等待着郑闻贤的指令。

终于，郑闻贤说话了。

"五号最新指示，"他一字一顿，无比凝重，"击毙毒贩向沉誉。"

辛栀彻底呆住，击毙向沉誉？怎么会？！她根本想不通向沉誉为什么要这样做，这就是他不愿意让她出现的原因吗？

他知道……自己会死？

辛栀想说些什么，却发现自己嗓子眼被堵住了，什么声音也发不出来。

指令下达得很快，匍匐在山头的狙击手已经有了动作。她真真切切地看到本就重伤的向沉誉被子弹击穿胸膛，他倒下的那一刻，无数警察出现包围了这几辆货车，双方发生了激烈的枪战。但由于警方事先知道对方的行动轨迹，早早做好了布置，占据了优势。

此时此刻，辛栀无暇再顾忌双方枪战的结果，无暇再顾忌鸠爷是否被抓住。

她抓住望远镜的手指抖得厉害，她拼命想要看清楚，可莫名其妙涌出来的泪水却迷住了她的眼睛，让她怎么也看不清，她心跳狂乱几乎要冲出胸腔。

耳机里传来郑闻贤沉稳的声音，断断续续的，带着嘈杂的电流音，但却无比清楚地传到每个人的耳朵里。

"成功击毙毒贩向沉誉。"

望远镜骤然脱手，咕噜咕噜滚下了山坡。

三次，她眼睁睁看着向沉誉中过三次枪。

第一次他是为了保护她而中枪；第二次，是她亲手朝他开的枪，因为不忍而没有命中他的要害；第三次，又是亲眼看着他中枪倒下。

哦，这次不一样，这次她亲眼看见，向沉誉的死亡。

第二十二章

阿栀,那个你讨厌的人,每分每秒都想回到你身边。

所有事情都已尘埃落定,新闻里不停反复播放着这起重大贩毒案,这起案件涉及的地区很广,有金三角克钦邦,以及国内的许多城市。

案件中还有许多等待挖掘的东西,警方也将继续追寻下去,但好在,案件中的最大毒枭已被擒获。

没有名字、没有照片、没有任何个人资料的"五号"功不可没。

一个月后的某天,辛栀回了一趟警校。这次,她从校长口中听说了当年向沉誉杀人逃逸案的完整版。

当天晚上校园里的确发生了一起杀人案,但始作俑者却并非向沉誉,而是另有其人。案发时,向沉誉恰好经过,被害者已经死亡，为了阻止真凶逃逸，向沉誉与真凶搏斗，不料右手手腕被真凶手持的尖刀割伤，手腕处留下了严重的后遗症。

在郑闻贤等人赶到现场前，向沉誉已经率先一步将真凶擒获交由上级处置，并且在与上级商量后，将杀人一案全权揽在了自己身上。

"……上级原本想让你与小向一同执行卧底任务，你们都能力突出、聪颖能干，还是一对现实中的情侣，必定能互相帮助事半功倍。但小向他不愿意拉你一同涉险，他态度坚决得不得了，宁可被你误解，也要借此契机选择独自一人执行任务。他呀，早做好了以身殉国的准备。"老校长长叹一声，对他的死惋惜不已，"这次任务能圆满完成，他没有辜负上级对他的期望。"

辛栀平静地看着摆在自己跟前的茶一点一点冷透，这才向老校长道了谢，一个人走了出去。

对，他没有辜负上级对他的期望，他没有辜负国家也没有辜负警察这一身份。

唯独……辜负了我。

警校的校园和往常一样，对未来充满憧憬的学生走过铺满银杏叶子的小路，走过一面雕刻着无数名字和事迹的墙壁。墙上仍刻着前辈们的丰功伟绩，每一年都会有新的名字出现在上面，供学子们瞻仰学习。

春去秋来，它始终在这里，送走一批又一批的学子走向岗位，又迎来一批又一批怀揣警察梦想的少年少女。

而向沉誉的名字，永远无法出现在这里。

但是这并不重要，他所做出的贡献并不比上面的任何一个人少。他这样性格的一个人，也根本不会在意世人的褒奖。

他的所作所为是隐秘的、不为人知的，一旦泄露出去会造成不可估量的损失。这世上的毒贩并不只有秦潮礼、鸠爷和老鬼，还有其他躲在暗处的人，为了打击这些躲在暗处的人，无数缉毒警察会不停与他们作斗争，在必要时刻，依然会有像向沉誉这样的卧底出现。而知晓真相的警局内部也会用自己的方式缅怀他们。

这就是他存在过的痕迹和意义。

回到春望市后，辛栀还未过多停留就接到局长通知，安排她去国外休假。

辛栀明白，此番卧底行动的结束，她的身份想要彻底洗清并不是一件容易的事情。虽然内部资料已经恢复，但稍有不慎就会招来其他尚未完全清除的毒贩的报复，暂时藏身避风头是最好的选择。

与局长谈完后，毫不意外的是，郑闻贤在门口等她，他手指间夹着烟倚在墙壁上吞云吐雾。

看到辛栀出来，郑闻贤站直身体："谈完了？"

"嗯。"

"我送送你。"

"他下达击毙自己的指令也是迫不得已，他……"郑闻贤试图解释。

"我明白，"辛栀打断他，唇线紧抿，脸色很平静，"只有他死了，才能彻底消除卧底的嫌疑，你做得没错，不用自责。"

贩毒团伙不只有鸠爷一伙人，如果向沉誉没有死，他的卧底身份被泄露，那不止他，包括他的家人都会遭到毒贩的疯狂报复。只有他死了，才能将一切埋葬。他是用真实身份才艰难地打入毒贩内部的，势必不能再继续用这个身份活下去。

郑闻贤侧头看她一眼，终究只是叹息一声。

"离开前，我想见一见宁棠。"辛栀说，"可以吗？"

她如愿再度见到了宁棠。

宁棠状态不错，郑闻贤给她临时在警局的宣传处找了份工作，而她也随遇而安，每天忙得团团转，不给自己喘息的空间。身体还未完全戒除毒品，她仍然需要时刻谨慎。

在看到辛栀出现在办公室门口的时候，宁棠怔了怔，有些无法将她与那日给自己注射毒品的女人联系到一起。卧底任务结束了，她从郑闻贤口中知晓了辛栀的事情，知道辛栀是迫于无奈才给自己注射的海洛因。说能原谅她是假的，因着某些缘故，宁棠心底还是有些硌硬的。

但在看到辛栀的这一刻起，这仅有的一点点硌硬也突然消散，她没有理由背负着这些莫须有的愧疚。

宁棠主动过去笑着和辛栀打招呼："你的名字是辛栀吧？心之所向的那个辛栀？"

辛栀微愣，不知想到什么，笑道"对，心之所向的那个辛栀。"

聊完她身体的近况后，宁棠偷偷瞥了眼在门口抽烟的郑闻贤，说："我知道郑警官喜欢你，"她狡黠地扬起嘴角，"我看到他偷偷看过你的照片。"

"嗯？"辛梔没料到她说话这么直接。

宁棠看着辛梔古怪的表情，笑容愈发灿烂："不过没关系，他喜欢你也不妨碍我喜欢他呀，反正你也不喜欢他，嗯，所以我不会放弃的。看在你不喜欢郑警官的份上，我就勉强原谅你上次对我做的事情了。"

辛梔失笑，她拍了拍宁棠的肩膀，调侃道："看在我曾救过你一命的份上，我们之间算是打平了。"

"啊？你说什么？你什么时候救过我一命？"

一周后，辛梔搭上了去往某个美丽国家的轮船。

坐了几个小时后，她有些晕船了，等外面的海浪平静一些了，她便独自走到了栏杆处吹风。

心情不太好，连带着她看外头的海景也不是很顺眼。外头有不少海鸥在盘旋，也有零零散散的游客买了食物在喂食。

辛梔偏头瞧了好一会儿，却没有上前一起喂食的兴致。突然从时刻谨慎的状态中回归懒散，身边没有了向沉誉让她燃起斗志，此刻她一个人，做什么都兴致缺缺。

一个人，她厌倦了这个词。

身后传来有人走近的声音，步子不是很稳，好像受了很严重的伤。那人在她身后停顿了半秒，才极缓慢地走到她左边。

白色的衬衣，纤长且骨节分明的手指随意地搭靠在栏杆上，他轻轻地喟叹了一声。

辛栀僵住，她没有偏头看那人，却全身开始不自觉地发抖，眼睛也莫名其妙开始泛酸。她极力克制住自己外泄的情绪，这才开口："你也是来旅游？"

身旁那人显然没料到辛栀会主动和自己搭话，他沉默了半晌才开口："出了点事故，打算去国外定居。"他嗓音稍显低哑，听起来伤得很严重，不知经历过怎样的险象环生。

"哦，是吗？"辛栀无所谓地笑了笑，她伏在栏杆上，任由海风吹乱她的头发。

良久，那人冰冷的手指拂上她的长发，动作亲昵自然地一下一下捋着她的长发。

辛栀怔了怔，全身一点一点柔软下来。

"我很讨厌一个人，"辛栀说，她声音微微颤抖，被海风吹得支离破碎，"他什么事情都瞒着我，选择自己一个人承担，宁可被人误会也什么都不说，直到要死了都不肯透露分毫……你说他是不是有病？"

身旁那人静了静："是，他有病。"

"那我该不该继续讨厌他？"

那人沉默了。

辛栀眼眶突然有些湿,她艰难地扯了扯嘴角,赌气一般抬腕揉了揉眼睛。

"你为什么哭?"身旁那人注视着她沉沉开口,语气里听不出情绪。

辛栀扯了扯嘴角,反驳道:"你胡说什么?我哪里哭了,无缘无故我为什么要哭?我只是眼睛里进沙子了。"她更用力地擦了一下脸颊,"海风里有沙子你不知道吗?"

身旁那人的胸腔轻轻震动,他在低声笑:"现在知道了。"

辛栀咬了咬嘴唇,自心底漫出些火气,她不打算再继续和他说话,转身准备进去,却猝不及防被那人拉住手腕,再然后,与她十指相扣。

向沉誉定定看着辛栀倔强不肯看向自己的侧脸,笑了笑,声音伴着轻柔的海风落在她耳畔。

温柔、笃定、不容置疑。

"阿栀……那个你讨厌的人,每分每秒都想回到你身边。"

——正文完——

番外一·辛栀

我一直在原地等你,可你又在哪里?

下课的铃声准时响起,一天的课程已经结束了。辛栀和几个关系不错的朋友一起说说笑笑地走出教室,再一起去食堂里吃完了晚饭,这才各自返回寝室。

直到独自走在回去的路上,她才意识到有哪里不太对劲。

到底是哪里不对劲呢?辛栀眉头蹙了蹙,下意识地翻了翻自己贴身的包——所有东西都带上了,手机并没有落在食堂里,新买的一支口红也好端端地待在夹层里,钱包也没有被偷走。

哦,辛栀突然恍然,眉头松了松,自嘲地弯唇笑笑,随即低着头面无表情地继续往寝室的方向走。

她又是一个人了。

已经过去整整一年了,明明已经习惯了,习惯了身边没有他的存在，没有了他的陪伴，却……原来还是不习惯啊。

哦，她又剩一个人了。

辛梔掏出钥匙早早回到了寝室，寝室里室友们还在打闹，嘻嘻哈哈笑闹成一团，看到辛梔回来，她们立马开开心心地将一天发生的趣事分享给辛梔听。

辛梔也挂上笑脸兴致勃勃加入她们的讨论之中，从新买的衣服包包谈到新交的男友——

"哦，对了阿梔，我一个朋友的朋友说很喜欢你，他人很好，长得也特别帅，你要不要考虑考虑……"

"不用了，谢谢。"辛梔毫不犹豫地拒绝。

室友不解："为什么啊？我们寝室可就剩你一个人单身了，追你的人那么多你都不打算考虑考虑吗？就算你不喜欢我介绍，那郑闻贤也很好啊，他一直……你不会还记着向沉誉吧？"

辛梔笑脸一下子收了收，表情变得有些僵硬："我没有。"

室友明显还在怀疑："你又不是不知道向沉誉杀人了，杀人哎！亏他还是警校的学生居然知法犯法，听我一句劝，这种人早点忘了吧，他没什么好的。"

"我不喜欢他，我怎么可能还喜欢他？！"辛梔咬咬唇打断她，有些恼怒。

"可是你……"室友愣了愣。

辛梔脸色冷下来，她起身不再和大家一起聊天，独自一人走到阳台上吹风舒缓焦躁的情绪。

看吧，又是这样。

你明明离开了，明明不发一言地离开了，明明什么都没有留下地离开了，却仍然在我的人生里这么有存在感。向沉誉啊向沉誉，你还打算扰乱我的生活到什么时候？

她勉强克制住自己有些泛酸的眼眶，余光却注意到楼下一个熟悉的背影。

她浑身一震。

她在室友惊诧的表情里不管不顾地跑出寝室跑下楼，她气喘吁吁跑过去好不容易才追上那个背影。

"沉……"她半期待半紧张地开口。

那个背影转身，是张无比陌生的面孔。

他有些疑惑："同学？你有事？"

辛栀的笑容尚还僵在脸上，她勉强扯了扯嘴角，低下了头："没事……不好意思认错人了。"

直到那人转身离开，她才再也克制不住满心的失落与不甘，慢慢蹲下身子抱住膝盖。

看吧，又是这样。

我变得该死的自轻自贱，只要一看到像你的人就克制不住情绪地跑过去。我怎么这么没用？明明最初是你主动招惹的我，明明是你说你不会变，可现在却狠心地离开。

好吧，我承认，我承认还不行吗？我还是忍不住想你。

真的，其实我愿意听你解释的，你不是故意要杀人的是不是？你肯定是有苦衷的是不是？你为什么不愿意向我解释？

大不了……我愿意等你出狱啊……

夜风有些凉，辛栀狠狠擦掉眼眶的湿润，拢了拢衣服起身慢慢往回走，再没有人一边低笑着一边将她搂在怀里，再没有人日日傻傻地在天台等她。

月光有些寂寥地投在她身上，拉出老长的影子。

辛栀抬眼，嘴角自嘲地弯了弯。

她觉得自己傻得可笑。

沉誉。

我一直在原地等你，可你又在哪里？

番外二 · 向沉誉

而我，会在无尽黑暗中继续用我的方式，永远爱你。

遥远的天际亮起一线微光，黎明将至。

空旷的荒地山野里，一片氤氲雾气的笼罩下，看不清人脸。

突兀响起的枪声很轻微，几乎可以忽略不计。

紧接着是沉闷的坠地声。

暗红的血液顺着头颅无声无息地蔓延开，迅速浸入认不出本色的土壤之中。

向沉誉冷眼看着应声倒下的那人，淡漠地收了枪，擦拭掉溅到手指和脸上的零星两点血液，这才转身上了吉普车，朝里头那人颔首："秦老大，都解决了。"

一直安安稳稳坐在后座的秦潮礼笑眯眯的，颇为赞赏地拍了拍他的肩膀："不错，能沉得住气，颇有我当年的风范！"

向沉誉弯弯唇："多谢秦老大赞赏。"

秦潮礼随意一挥手："好了，剩下的事情交给手下的人，我们走吧。"

看着车窗外的景色——后退，秦潮礼不急不缓地开口："小向啊，你跟在我身边也有一年了吧？虽然比不得邹二跟在我身边的年头长久，但性子沉稳，进步也很快，前途一片大好啊。"

向沉誉脸上的表情并没有过多变化，没有显示出过多的欣喜"没有秦老大的悉心指导就没有沉誉的今天，执行秦老大的命令是沉誉应该做的。"

秦潮礼不着痕迹地打量他几眼，终究满意地点点头："好，最近几天我要去见见鸠爷，你就跟我一起吧。"

"是，秦老大。"向沉誉恭敬地说。之前以他的身份一直都没有资格见到鸠爷。

秦潮礼"嗯"一声，合上眼闭目养神，不再说话了。

向沉誉是秦潮礼一年前在克钦邦通过严苛的层层选拔招募到他手下的，他不是没有调查过向沉誉的背景，向沉誉并非缅甸人，他是警校出身，且在警校就读的时候成绩优异，无奈因为杀人而被迫逃亡，警察也在追捕向沉誉，光是这一点身份就吸引了他的注意。用这样的人，他不是没有顾虑的，稍有不慎就会引来警察的注意，并不利于以后的行动。而且这样的人突然倒戈选择投身毒品市场，也极有可能是警察安排的卧底，之前他们也曾查出过这种事。

　　但有意思的是，向沉誉做事并不含糊，是所有人中进步最快的，比谁都冷静比谁都心狠手辣，只要是安排给向沉誉的任务，每次都圆满地完成，这才渐渐让他对向沉誉放下警惕，有了栽培之心。

　　有了向沉誉的助力，他必将在鸠爷面前争取到最新任务，也就是开拓附近大国市场的名额。

　　天渐渐亮了，车子到达了寨子里，向沉誉独自回到了房间。

　　以他目前的地位并没有资格住单人间，而同居一间的室友尚在睡眠中，他面无表情地解开扣子，换下沾染了鲜血的外套。

　　洗漱完毕后，他躺在了自己的床上，闭上眼。

　　刚才开枪的那一幕还历历在目，那是他亲手杀死的第三个人。他能无比清晰地感受到子弹的威力，能无比清晰地感受到生命的渐渐消散，那人就这样无声无息地死在冰凉的枪械之下。他甚至还记得温热的血液溅到自己脸上的触感，记得右手手腕骤然受到猛烈的后坐力时的颤抖痛感。他不是非要用这只手开枪不可，他只是想要自己更加深刻地记住，他亲手杀了人。

　　九死一生才爬到现在，他又怎么能轻易放弃？

　　自接到卧底任务起他就清楚地明白，他将会深陷黑暗，可能终其一生也无法脱身。

　　终其一生冰冷、痛苦、孤独、绝望。

　　左右睡不着，向沉誉又翻身起来，暗自盘算着接下来的任务，鞋子却踩到某张薄薄的纸，他一怔，低下头，他的眸色骤然加深。

那是一张照片，刚才不小心从外套口袋里掉出来的，他亲手给辛栀拍的照片。

照片上她的笑脸张扬而美好，眼角眉梢间都是止不住的盈盈笑意。

辛栀，那是黑暗中踽踽独行的他，只要一想到就能温暖的存在。

离开警校的时候，他已经将自己与辛栀之间的联系全部割断，只带着几件随身衣物独身来到克钦邦。而这张照片却出现得这么突然，就这么猝不及防地撞进他的眼底。

他抿唇，小心翼翼地将其捡起，唇畔不由得浮起些许温柔的笑意，也许是某次约会的时候，辛栀偷偷塞进他衣服里的？他说不上来。

明知道这张照片不该存在，可能会给她带来危险，他还是有些舍不得。在那个时候他能忍心离开辛栀，现在面对一张照片，他却有些舍不得放手了。

隔壁床的室友翻了个身，嘴里骂骂咧咧地说了句梦话。

向沉誉微怔，飞快地捏紧照片贴近自己胸膛，眼底翻涌的情绪一下子收住，他的嘴角似有若无地弯了弯又放下。

他终于下定决心。

打火机燃起小小的火苗，再然后，噌地一下，火苗飞快地点燃了照片的一角，肆无忌惮地吞噬掉辛栀的笑脸。

照片里，火光里，她笑靥如初，隔着这张薄薄的照片仿佛还能听到她的声音：

"沉誉，你老实说，你除了我还有没有追过其他女生？！"
　　……
　　"沉誉，我今天不想吃这家店，难吃死了，你亲手做给我吃吧？不会？那你去学嘛！"
　　……
　　"沉誉……嗯……我也爱你。"
　　……
　　随着火焰渐渐将照片化成灰烬，回忆的大门毫不留情地合上，他的眼前徒留赤裸裸的现实。
　　向沉誉嘴角边的笑意一点一点消散，他嘴角抿成一线，眸色重新变得灰暗。
　　风轻飘飘地将所有灰烬带走，他面无表情地起身自阳台重新进入房间里。

　　阿栀。
　　即便你会恨我，抑或是选择忘记我，没关系，我都心甘情愿接受，只要你身处光明就好。
　　我唯独不愿你深陷其中。
　　而我，会在无尽黑暗中继续用我的方式，永远爱你。

|小花阅读|
【一生一遇】系列第三季

《云深结海楼》
晚乔 / 著
标签：**声控福利 | 大灰狼吃定小蠢羊 | 小心翼翼 VS 徐徐图之**

有爱片段简读：
宋辞：听说有缘的人不论如何最终都会走到一起。
夏杨敲下：那无缘的呢？
那边微微沉默：那不关我们的事。

七个字，很短，却又极具说服力。
再一次对着手机笑弯了眼睛，夏杨在按键上敲敲敲敲，发送之后，她伸了个懒腰，走到窗前推开窗。
寒冬过去，万物复苏，花树也有了苏醒的痕迹，抽出枝芽，青嫩的颜色和地上新生的小草儿一模一样。其实只是一件小事，在她眼里，却异常美好。
这样的世界，有阳光，有生气，有他，再过五百年都不会厌。
被丢在一边的手机还停在聊天的页面，而最后一句话，是她刚刚发的。
——嗯，我也觉得。还有，今天也超喜欢你。

《忆我旧星辰》
鹿拾尔 / 著
标签： 沉沦黑暗的昔日精英 | 危险恋人 | 巅峰对决

有爱片段简读：
辛栀张了张嘴，老半天才涩声说："为什么帮我？"
向沉誉静了一瞬，双手插兜兀自轻笑了一声："大概是疯了。"

向沉誉一直绕着弯地说苏心溢的事情，却不提秦潮礼，这是他一直在回避的问题。
他倏地转头定定看着她。今晚月光皎洁，而她的眼底映衬着满天星光，唇不点而红，和……四年前那个夜晚一模一样。
他轻笑一声，微微俯身，喉咙一紧，嗓音里带了些喑哑的味道："你说呢。"
辛栀不躲不让，也直直望着入他的眼睛里，心脏却骤然漏跳了一拍。

《遥不可及的你2》
姜辜 / 著
标签： 装高冷丈夫 | 易炸毛小妻子 | 我们今晚不吵架，好不好？

有爱片段简读：
何昭森走进主卧，夜灯所散发出的暗蓝色像潮水一般静谧地涌到了他眼前。尽管步子已经放得很轻很轻，但何昭森还是看到于童在一片模模糊糊的混沌中，把手从被子里拿了出来，然后，她开始慢吞吞地揉眼睛——这是她要醒来的前兆。
"我把你吵醒了？"他站在原处。
"没有，是我自己没睡好——"于童有气无力地回应着，她本来是想坐起来说话的，但努力了好几次，最终还是塌陷在柔软的被褥中，"不过你大半夜私闯民宅干什么？"
"私闯民宅中的民宅，指的是他人的住宅，可是于童——"雪白的羊绒地毯彻底吞噬了何昭森的脚步声，他停下来，顺势坐在了于童的床边，"这是我家。"

《幸而春信至 2 · 星辰》
狸子小姐 / 著
标签：谁动了我的大叔 | 年龄差很萌 | 暗恋成事实 | 婚后再相爱

有爱片段简读：
菜一上来，肖默城慢条斯理地吃着，将大半的菜都推到苏晚面前："今天好好地吃一顿，让你知道，我们家什么都能吃得起，免得总是想着别人家的东西。"
"肖叔叔，我错了。"苏晚看着眼前的东西，眼神哀怨地认着错。
"吃吧。"肖默城浅笑着说，"慢慢吃，我不着急的。"
明明应该是很温柔的样子，可是看在苏晚眼里就像是戴上面具的魔鬼，肖叔叔生气原来会这么严重。
看着肖默城铁定了心的样子，苏晚只好委屈地吸着鼻子，扁着嘴哀怨地开始吃，她上辈子到底是做了什么孽，她现在恨不得肖默城把她打一顿，也好过这样。
到时候 C 市的头条会不会吊唁一下她这个被撑死的女人啊。

《林深时见鹿 3》
晏生 / 著
标签：腹黑医生失忆 | 顾氏夫妇撒糖 | 第二次爱上你 | 甜蜜完结

有爱片段简读：
"阿生——"
"嗯。"
"阿生——"
"嗯。"
"阿生——"
"嗯。"
"宋渝生——"
"我在。"
"现在的你，是我的幻觉吗？"
宋渝生轻轻拍抚她弓起的背脊，掌心之下瘦骨嶙峋。
几秒之后，他终于伸手，回抱住她，向来沉静的心绪被她这一竿子搅得翻天覆地，连自己也不知道为什么会这么心疼。
"不是，"他拥着她，轻轻摇晃身体，似慢慢哄着一个未长大的孩子，"我是真的存在。"

图书在版编目（ＣＩＰ）数据

忆我旧星辰 / 鹿拾尔著. -- 贵阳：贵州人民出版社, 2017.6（2020.1重印）
ISBN 978-7-221-14119-4

Ⅰ. ①忆… Ⅱ. ①鹿… Ⅲ. ①长篇小说－中国－当代 Ⅳ. ①I247.5

中国版本图书馆CIP数据核字(2017)第078695号

忆我旧星辰

鹿拾尔 / 著

出版统筹：	陈继光
选题策划：	胡晨艳
责任编辑：	唐　博
特约编辑：	菜秧子
封面设计：	刘　艳
内页设计：	孙欣瑞
封面绘制：	Lxm梅子
出版发行：	贵州人民出版社（贵阳市观山湖区会展东路SOHO办公区A座505081）
印　　刷：	三河市华东印刷有限公司
开　　本：	880×1230毫米 1/32
字　　数：	167千字
印　　张：	8
版　　次：	2017年6月第1版
印　　次：	2017年6月第1次印刷 2020年1月第2次印刷
书　　号：	ISBN 978-7-221-14119-4
定　　价：	39.80元

版权所有 盗版必究。举报电话：策划部0851-86828640
本书如有印装问题，请与印刷厂联系调换。联系电话：0731-82755298